Bibliografische Information der Deutschen Nationalbibliothek: Die Deutsche Nationalbibliothek verzeichnet diese Publikation in der Deutschen Nationalbibliografie; detaillierte bibliografische Daten sind im Internet über dnb.dnb.de abrufbar.

Herstellung und Verlag: BoD – Books on Demand, Norderstedt

ISBN: 9783759768094

Inhalt

Für alle, die jemals jemanden verloren haben:

Möge die Erinnerung an Eure Lieben Euch stets begleiten und trösten. In den stillen Momenten finden wir ihre Gegenwart in unserem Herzen wieder. Ihre Liebe und ihr Lächeln bleiben für immer ein Teil von uns. Lasst uns gemeinsam an die schönen Zeiten erinnern und die Stärke in uns finden, weiterzugehen, während wir ihr Erbe in Ehren halten.

Vorwort

Anna saß in ihrem gemütlichen Wohnzimmer, die Abendsonne warf goldene Strahlen durch die halb geöffneten Vorhänge. Ihr Lieblingsbuch lag offen auf ihrem Schoß, aber ihre Gedanken waren weit entfernt, verloren in den Erinnerungen eines erfüllten Tages. Plötzlich riss das schrille Klingeln des Telefons sie aus ihrer Träumerei.

Mit einem Seufzen legte sie das Buch beiseite und griff nach dem Hörer. „Hallo?" Ihre Stimme klang ruhig und gelassen. Am anderen Ende der Leitung herrschte kurz Stille, dann hörte sie die besorgte Stimme ihrer Schwester. „Anna... es ist etwas passiert."

In diesem Moment schien die Zeit stillzustehen. Ein beklemmendes Gefühl kroch in ihre Brust, und ihre Finger klammerten sich fester um den Hörer. „Was ist los, Marie?" Ihre Stimme zitterte leicht, während sie auf die Antwort wartete.

„Es ist... es ist Justin. Er hatte einen Unfall."

Die Worte trafen Anna wie ein Schlag in den Magen. Der Raum um sie herum verschwamm, und ihre Gedanken wirbelten wild durcheinander. Sie konnte kaum fassen, was sie gerade gehört hatte. „Was... was meinst du? Wie schlimm ist es?"

„Er ist... er ist tot, Anna." Maries Stimme brach, und Anna konnte die Tränen ihrer Schwester fast spüren.

Wie alles seinen Anfang nahm

Die Sonne stand hoch am Himmel, als Anna am Strand stand, das Rauschen der Wellen im Hintergrund. Die salzige Luft war voller Erinnerungen, doch an diesem Tag war alles anders. Der Schock hatte sie wie ein kaltes Wasser erfasst, als sie von Justins verschwinden erfuhr.

Sein Lachen, das noch vor wenigen Stunden durch den Sand hallte, war verstummt. Sie erinnerte sich an die letzten Momente – wie er fröhlich ins Wasser gelaufen war, seine Hände voller Muscheln, das Versprechen, nicht zu weit hinauszugehen. Doch das Meer, so schön und verführerisch, hatte ihn verschlungen.

Jetzt stand sie da, verloren zwischen der Realität und einem Albtraum. Anna wollte schreien, wollte leugnen, dass es geschehen war. Doch die schmerzliche Wahrheit drängte sich unbarmherzig in ihr Bewusstsein: Ihr einziger Sohn war fort.

Mit jedem Atemzug spürte sie die Wut in sich aufsteigen – gegen das Meer, gegen die Umstände, gegen sich selbst. Warum hatte sie ihn nicht zurückgehalten? Warum hatte sie nicht aufgepasst? Die Fragen wüteten in ihrem Kopf, während Tränen über ihre Wangen liefen.

In diesem Moment der inneren Zerrissenheit wusste Anna, dass ihre Reise gerade erst begonnen hatte. Der Verlust würde sie auf eine harte Probe stellen, und sie musste den Weg finden, um mit dieser überwältigenden Trauer umzugehen.

Am frühen Morgen, als die Fischerboote den Hafen verließen und die ersten Sonnenstrahlen den Nebel durchbrachen, entdeckte ein Spaziergänger den leblosen Körper von Justin Nord am Ufer. Die Polizei wurde sofort alarmiert und eine Untersuchung begann. Justin war bei allen im Ort beliebt, ein talentierter Schüler und ein leidenschaftlicher Schwimmer. Niemand konnte sich vorstellen, warum er ausgerechnet im Wasser, seinem zweiten Zuhause, ums Leben gekommen war.

Die Ermittler gingen zunächst von einem Unfall aus

Es war ein grauenvoller Tag, als die Nachricht kam. Anna saß am Strand, das Meer vor ihr tobte, als ein Polizist auf sie zukam, sein Gesicht ernst und mitfühlend. Die Worte trafen sie wie ein Schlag ins Gesicht: Justin war gefunden worden. Doch es war nicht das Meer, das ihm genommen hatte – es war ein Schlag auf den Hinterkopf, der ihn das Leben gekostet hatte.

Der Schock lähmte sie. Fragen rasten durch ihren Kopf: Wie konnte das geschehen? Wer hatte ihm das angetan? Die Wut, die zuvor auf das Meer gerichtet war, wandte sich nun gegen eine unsichtbare Bedrohung. Anna fühlte sich gefangen in einem Albtraum, aus dem es kein Erwachen gab.

Als die Realität eindrang, überwältigte sie eine tiefe Traurigkeit. Justin war nicht einfach im Wasser ertrunken; ihm war Unrecht widerfahren. Jeder Gedanke an seine letzten Momente war von einem Gefühl der Ohnmacht begleitet. Wie konnte jemand so grausam sein?

Die Ermittlungen begannen, aber Anna wollte nichts davon hören. Der Schmerz war unermesslich. Sie wollte nur noch ihren Sohn zurück, das Lachen, das Spiel, die unbeschwerte Zeit am Strand. In ihrer Trauer fand sie sich in einem Strudel aus Fragen und Schuldgefühlen wieder.

Mit jedem Tag wurde die Wut stärker. Anna wusste, dass sie Antworten brauchte – nicht nur für sich selbst, sondern auch für Justin. Sie musste herausfinden, was wirklich geschehen war, auch wenn das bedeutete, sich den dunkelsten Seiten der Menschheit zu stellen. Und so begann ihr Kampf, nicht nur um den Verlust zu verarbeiten, sondern auch um Gerechtigkeit für ihren Sohn zu finden.

Die Untersuchung nahm eine unerwartete Wendung, als die Gerichtsmediziner den leblosen Körper von Justin Nord genauer unter die Lupe nahmen. Bei der Obduktion entdeckten sie eine schwere Kopfverletzung sowie mehrere Stichwunden an seinem Oberkörper. Diese neuen Erkenntnisse schockierten nicht nur die Ermittler, sondern auch die gesamte Gemeinde, die sich bereits am Fundort versammelt hatte.

Die Polizei, die zunächst von einem tragischen Unfall ausgegangen war, musste nun von einem möglichen Verbrechen ausgehen. Die Kopfverletzung schien darauf hinzudeuten, dass Justin mit einem harten Gegenstand geschlagen worden war, während die Stichwunden auf einen Angriff mit einem Messer oder einem ähnlichen Gegenstand hindeuteten. Sofort wurde die Untersuchung auf eine Mordermittlung ausgeweitet.

Es war, als ob die Luft um Anna herum stillstand, als die neuesten Nachrichten durch die Menge sickerte. Schockierte Gesichter, geflüsterte Worte und ungläubige Blicke trafen sie. Justin war nicht nur weg – er war brutal ermordet worden. Die Polizei rief die Gemeinde zusammen, um die ersten Details zu erläutern. Ein Spurenaufgebot war angeordnet, und die Nachbarschaft wurde befragt. Anna fühlte sich wie in einem Traum, der immer grausamer wurde. Wo waren die schönen Erinnerungen? Stattdessen schwebte nur noch die Frage im Raum: Wer konnte so etwas tun?

Die Ermittler arbeiteten rund um die Uhr, die Straßen waren voller Polizeiautos und Pressevertreter. Anna konnte sich kaum von der Trauer lösen, während die Bilder ihres Sohnes, fröhlich und unbeschwert, immer wieder vor ihrem inneren Auge auftauchten. Sie wollte Antworten, aber gleichzeitig fürchtete sie die Wahrheit.

Die Ermittler begannen, Justins Umfeld genauer zu durchleuchten. Sie befragten seine Familie, Freunde, Lehrer und sogar die Fischer, die an diesem Morgen den Hafen verlassen hatten. Jeder Hinweis, so klein er auch war, wurde akribisch überprüft. Die Ermittler hofften, auf diese Weise ein Motiv oder einen möglichen Täter ausfindig machen zu können.

Unterdessen wuchs die Trauer und das Entsetzen in dem kleinen Küstenstädtchen weiter. Justins Freunde, die ihn als stets hilfsbereit und freundlich beschrieben, konnten sich nicht erklären, wer ihm so etwas angetan haben könnte.

Verdächtigungen und Gerüchte begannen, die Runde zu machen, und die einst so enge Gemeinschaft wurde von Misstrauen und Angst erfasst.

Während die Polizeitaucher weiterhin das Wasser nach möglichen Beweismitteln absuchten, konzentrierten sich die Spurensicherer auf den Fundort und die Umgebung. Sie hofften, Spuren zu finden, die auf den Täter hinweisen könnten. Ein weggeworfenes Messer, ein Stück Stoff oder sogar Fußspuren im Sand könnten entscheidend sein, um das Rätsel um Justins Tod zu lösen.

Mit jedem Tag, der verstrich, wurde die Notwendigkeit, den Fall aufzuklären, dringlicher. Die Ermittler wussten, dass die Zeit gegen sie arbeitete und die Hoffnung der Gemeinschaft auf Gerechtigkeit in ihren Händen lag. Justins Familie und Freunde wollten Antworten und vor allem wollten sie wissen, warum ein so junger, vielversprechender Mensch auf so tragische Weise aus dem Leben gerissen wurde.

Olivia stand in ihrem Büro und betrachtete die Fotos von Justin, die an der Wand hingen. Der Fall war persönlich geworden, und der Druck, Antworten zu finden, lastete schwer auf ihren Schultern. Als leitende Ermittlerin war sie es gewohnt, mit schwierigen Situationen umzugehen, doch dieser Fall war anders. Hier ging es um das Leben eines jungen Mannes, um die Zukunft, die ihm genommen worden war.

Die neuen Informationen über Justins Verletzungen hatten die Ermittlungen in eine ganz andere Richtung gelenkt.

Olivia wusste, dass die Zeit drängte. Sie wandte sich an ihr Team und begann, die wichtigsten Spuren zu priorisieren.

Olivia atmete tief ein und wandte sich ihrem Team zu. „Wir müssen fokussiert bleiben", begann sie, während ihre Augen auf die Fotos von Justin glitten. „Jeder Hinweis zählt, und wir dürfen keine Zeit verlieren." Die Bilder erinnerten sie an die Unschuld des Jungen und an die Verantwortung, die sie trug.

„Wir haben einige neue Zeugenberichte erhalten", fuhr sie fort. „Eine Gruppe von Jugendlichen hat Justin kurz vor dem Vorfall am Strand gesehen. Einer von ihnen könnte etwas wissen, das uns weiterhilft." Sie spürte, wie die Entschlossenheit in ihr wuchs.

„Wir sollten die Jugendlichen schnellstmöglich befragen", schlug Mark, ihr erfahrener Ermittler, vor. „Vielleicht gibt es da mehr, als sie bisher gesagt haben."

„Gute Idee", stimmte Olivia zu. „Aber wir müssen vorsichtig sein. Die letzten Aussagen waren vage, und ich möchte nicht, dass sie sich unter Druck gesetzt fühlen. Wir müssen ihr Vertrauen gewinnen."

Das Team nickte, und Olivia konnte die gespannte Atmosphäre im Raum spüren. Jeder wusste, dass es hier um mehr ging als um einen einfachen Fall; es ging um Gerechtigkeit für Justin und um das Versprechen, das sie seiner Mutter gegeben hatte.

„Wir sollten auch die Überwachungskameras in der Umgebung auswerten", fügte sie hinzu. „Es könnte

Aufnahmen von dem Vorfall geben, die uns helfen, den genauen Ablauf zu rekonstruieren."

Die Ermittlungen nahmen Fahrt auf. Olivia wusste, dass der Druck nicht nur von der Polizei, sondern auch von Justins Familie und der Gemeinschaft kam. Jeder wollte Antworten, und sie war entschlossen, diese zu liefern.

Mit einem letzten Blick auf Justins Fotos in ihrem Büro steckte sie sich eine Liste von Aufgaben in die Tasche. Sie würde alles geben, um herauszufinden, was an diesem schicksalhaften Tag wirklich passiert war. Und sie wusste, dass der Schlüssel zur Wahrheit irgendwo verborgen war – sie musste nur entschlossen genug sein, ihn zu finden.

Anna: Justin war mein Ein und Alles. Mein Sohn, der immer mit einem Lächeln auf den Lippen durch die Türen schritt und mich mit seinen Geschichten über die Schule und seine Freunde erfreute. Er hatte eine unbeschwerte Art, die jeden Raum erhellte, und ich konnte mir nicht vorstellen, dass er jemals etwas anderes als Glück verbreiten könnte.

Jetzt, ohne ihn, war die Welt grau und leer. Jeder Raum in unserem Zuhause fühlte sich an wie ein Schatten seiner selbst. Seine Sachen lagen noch immer verstreut im Wohnzimmer, und sein Lieblingsbuch lag geöffnet auf dem Tisch, als wäre er nur kurz weggegangen.

Die Erinnerungen überfluteten mich – seine ersten Schritte, die aufregenden Fußballspiele, die späten Nächte voller Lachen und Geschichten. Wie konnte es sein, dass all das jetzt nur noch bittersüße Erinnerungen waren?

Ich erinnerte mich an den letzten Tag, als er mich umarmte und versprach, bald wiederzukommen. Das Versprechen hing wie ein schweres Gewicht in der Luft. Justin hätte nie gehen dürfen, nicht so. Der Gedanke, dass ihm so etwas Schreckliches widerfahren war, schnürte mir die Kehle zu.

Jetzt war ich hier, um zu kämpfen, um Antworten zu finden. Ich wollte wissen, wer meinem Sohn das angetan hatte. Mein Herz brannte vor Wut, und gleichzeitig verspürte ich eine erdrückende Traurigkeit.

Die Ermittlungen liefen, und ich wusste, dass Olivia und ihr Team alles in ihrer Macht Stehende taten. Doch ich konnte nicht tatenlos zusehen. Ich musste meine eigenen Fragen stellen, ich musste die Menschen erreichen, die vielleicht etwas wussten. Justin verdiente es, gehört zu werden.

Mit jedem Tag, der verging, wurde der Druck größer. Ich wollte nicht nur die Wahrheit – ich wollte Gerechtigkeit. Und ich würde alles tun, um sicherzustellen, dass sein Andenken nicht vergessen wurde.

Die Nachbarn kamen vorbei, versuchten, mir Trost zu spenden. Doch jeder Blick auf ihre Gesichter zeigte mir das Entsetzen, das auch in mir wütete. Wir alle waren geschockt, und ich wusste, dass niemand wirklich verstehen konnte, was ich fühlte. Wie könnte ich die Worte finden, um zu beschreiben, was ich verlor? Mein kleiner Junge, der so viele Träume hatte, jetzt einfach fort.

Jede Stunde, die verging, ohne dass ich eine Antwort bekam, fühlte sich wie eine Ewigkeit an. Die Stadt, die einst voller Leben und Freude war, schien jetzt von einer schweren Dunkelheit umhüllt. Ich wusste, dass ich nicht nur für Justin kämpfen musste, sondern auch für die Gerechtigkeit, die ihm zusteht. Ich wollte, dass der Täter gefunden wird, dass die Wahrheit ans Licht kommt, auch wenn ich Angst hatte, was ich dabei entdecken könnte.

Die Nachbarn brachten Blumen, kochten Essen und versuchten, mich aufzuheitern, doch ihre gut gemeinten Worte schienen nur das Unrecht zu verstärken. Sie redeten von „über den Verlust hinwegkommen" und „die Zeit heilt alle Wunden", doch in meinem Inneren wusste ich, dass nichts je wieder so sein würde wie zuvor. Justin war nicht einfach nur mein Sohn; er war ein Teil von mir, und ohne ihn fühlte ich mich unvollständig.

Nach einem besonders schmerzhaften Besuch setzte ich mich an den Küchentisch und ließ meinen Kopf in die Hände sinken. Der einzige Klang war das leise Ticken der Uhr – ein ständiger, unerbittlicher Reminder, dass die Zeit weiterging, auch wenn mein Herz stehengeblieben war.

Ich wusste, dass ich aktiv werden musste. Es war nicht genug, nur zu warten. Ich musste Olivia kontaktieren, mehr Informationen über den Fall einholen, herausfinden, wo ich helfen konnte. Vielleicht gab es Spuren, die übersehen wurden. Vielleicht gab es jemanden, der noch nicht befragt worden war.

Mit einem tiefen Atemzug griff ich zum Telefon und wählte die Nummer der Ermittlerin. Die Stimme am anderen Ende war entschlossen, und ich fühlte mich ein kleines Stück besser, als ich hörte, dass sie alles tat, um die Wahrheit ans Licht zu bringen. Doch der Kloß in meinem Hals blieb.

„Olivia", begann ich, meine Stimme zitterte, „ich möchte wissen, was wir tun können. Ich kann nicht einfach hier sitzen und nichts tun, während mein Sohn..."

„Wir werden alles tun, was wir können", unterbrach sie mich sanft. „Aber ich brauche Ihre Hilfe. Wenn Sie etwas wissen oder jemanden sehen, der verdächtig war, müssen Sie mir Bescheid sagen. Wir sind in diesem Kampf zusammen."

Ihr Versprechen gab mir einen Hauch von Hoffnung. Ich würde nicht aufgeben. Justin verdient es, gehört zu werden, und ich würde alles in meiner Macht Stehende tun, um seinen Namen zu verteidigen. Es war Zeit, meine Trauer in einen unermüdlichen Kampf zu verwandeln.

Olivia: Ich hatte beschlossen, mich mit Anna auf einen Caffè zu treffen, um ihr etwas Mut zu machen. Ich wusste, wie wichtig es war, dass sie sich unterstützt fühlte, und ich wollte ihr zeigen, dass wir nicht aufgeben würden, bis wir die Wahrheit herausgefunden hatten.

Ich wählte ein kleines, ruhiges Café am Rande der Stadt, wo wir ungestört reden konnten. Als ich ankam, sah ich Anna bereits dort sitzen. Ihre Augen waren müde und von Trauer gezeichnet, doch da war auch eine Entschlossenheit in ihrem Blick, die mich beeindruckte.

„Hallo Anna", begrüßte ich sie sanft, als ich mich zu ihr an den Tisch setzte. „Danke, dass Sie sich die Zeit genommen haben, mich zu treffen."Anna nickte und versuchte ein schwaches Lächeln. „Danke, dass Sie mich sehen wollten, Olivia. Es ist schwer, einfach zu Hause zu sitzen und nichts tun zu können."

Ich bestellte uns beiden einen Kaffee und lehnte mich dann vor, die Hände auf dem Tisch verschränkt. „Ich weiß, dass es unglaublich schwer ist. Aber ich wollte Ihnen versichern, dass wir alles in unserer Macht Stehende tun, um herauszufinden, was Justin passiert ist. Sie sind nicht allein in diesem Kampf."Anna nahm einen tiefen Atemzug und blickte aus dem Fenster. „Es ist nur so schwer, weiterzumachen. Jeder Tag ohne Antworten fühlt sich wie eine Ewigkeit an. Und die Angst, dass derjenige, der ihm das angetan hat, frei herumläuft..."

„Ich verstehe Ihre Sorgen", unterbrach ich sie sanft. „Und genau deswegen müssen wir zusammenarbeiten. Jedes Detail, jede Erinnerung könnte uns helfen. Gibt es irgendetwas, das Ihnen in den Sinn kommt, das Ihnen seltsam erschien? Vielleicht jemand, den Justin kannte oder der sich merkwürdig verhalten hat?"Anna dachte einen Moment nach, während sie ihren Kaffee umrührte. „Justin hatte neulich von einem neuen Freund gesprochen. Er war ziemlich aufgeregt darüber, aber ich habe nie viel darüber erfahren. Vielleicht könnte das etwas bedeuten?"

Ich nickte und machte mir eine Notiz. „Das ist ein guter Hinweis. Wir werden dieser Spur nachgehen. Jeder kleine Hinweis kann uns weiterhelfen."Anna sah mich dankbar an, Tränen in ihren Augen. „Danke, Olivia. Es bedeutet mir viel zu wissen, dass jemand sich wirklich kümmert."

„Natürlich, Anna", antwortete ich sanft. „Wir werden die Wahrheit finden. Für Justin und für Sie. Und bis dahin, lassen Sie uns zusammen stark bleiben." Wir saßen noch eine Weile zusammen, redeten über Justin und seine Träume. Es war ein kleines Stück Trost inmitten des Schmerzes, und ich hoffte, dass es Anna die Kraft gab, weiterzukämpfen.

Nachdem wir unseren Kaffee ausgetrunken hatten, machten Anna und ich uns auf den Weg hinaus in die Sommersonne. Der Kontrast zwischen dem warmen, friedlichen Wetter und der Dunkelheit, die Anna umgab, war schmerzlich deutlich. Doch ich sah, dass unser Gespräch ihr zumindest ein wenig Trost gespendet hatte.

„Ich werde jetzt zurück ins Büro gehen und mit meinem Team über die neuen Hinweise sprechen", sagte ich, während wir zum Parkplatz gingen. „Wir werden alles überprüfen, was Justin über diesen neuen Freund erzählt hat."

Anna nickte und schien in Gedanken versunken zu sein. „Danke, Olivia. Ich weiß das wirklich zu schätzen." „Wir sind in diesem zusammen", wiederholte ich und legte ihr sanft die Hand auf den Arm. „Wenn Ihnen noch irgendetwas einfällt, egal wie unwichtig es erscheinen mag, zögern Sie bitte nicht, mich anzurufen."

Sie lächelte schwach. „Ich werde. Danke."
Ich sah ihr nach, wie sie zum Auto ging, und verspürte einen neuen Schub an Entschlossenheit. Zurück im Büro versammelte ich sofort mein Team. „Wir haben einen neuen Anhaltspunkt", begann ich und erzählte ihnen von Justins neuem Freund. „Wir müssen herausfinden, wer diese Person ist und ob sie irgendetwas mit dem Vorfall zu tun haben könnte."

Mark nickte und machte sich sofort an die Arbeit, die sozialen Medien und Kontakte von Justin zu durchforsten. „Wir werden alles überprüfen, was wir finden können." Während das Team die neuen Informationen auswertete, nahm ich mir einen Moment, um über den Fall nachzudenken. Irgendwo musste es einen Hinweis geben, der uns weiterbrachte. Justins Leben war von jemandem genommen worden, und ich würde nicht ruhen, bis ich herausgefunden hatte, wer dafür verantwortlich war.

Stunden später, als die Sonne unterging, kam Mark mit einem Ausdruck der Entschlossenheit auf mich zu. „Ich glaube, wir haben etwas. Justins neuer Freund heißt Tim. Wir haben herausgefunden, dass er in der Nähe des Strandes gesehen wurde, kurz bevor Justin verschwand." Ein Funken Hoffnung glomm in mir auf. „Gut gemacht, Mark. Lassen Sie uns Tim ausfindig machen und ihn befragen."

Es dauerte nicht lange, bis wir Tims Adresse herausgefunden hatten. Als wir vor seinem Haus ankamen, klopfte ich entschlossen an die Tür. Ein blasser Junge öffnete, seine Augen weit vor Angst.

„Tim?", fragte ich sanft. „Ich bin Olivia, eine Ermittlerin. Wir müssen mit dir über Justin sprechen." Er zögerte, bevor er uns hereinbat. „Ich habe nichts getan", sagte er schnell, aber seine Stimme zitterte.

„Wir sind hier, um die Wahrheit herauszufinden", beruhigte ich ihn. „Bitte erzähl uns, was an dem Tag passiert ist, als Justin verschwand." Tim begann zu reden, und langsam entfaltete sich eine Geschichte, die uns alle schockierte. Es war ein Streit gewesen, ein dummer, kindischer Streit, der in einer Tragödie endete. Ein unglücklicher Unfall, der durch Panik und Angst verschlimmert wurde.

Ich verspürte eine Mischung aus Erleichterung und Schmerz, als wir Tims Aussage aufnahmen. Die Wahrheit kam ans Licht, und es war nun unsere Aufgabe, damit umzugehen. Doch für Anna war dies erst der Anfang eines langen Heilungsprozesses.

Zurück im Büro setzte ich mich an meinen Schreibtisch und schrieb einen detaillierten Bericht. Am nächsten Tag würde ich Anna alles erzählen müssen. Es würde nicht leicht sein, aber sie verdiente es, die Wahrheit zu erfahren. Und in diesem Moment versprach ich mir selbst, dass ich weiterhin für Gerechtigkeit kämpfen würde, egal wie schwierig der Weg sein würde.

Ich wollte gerade Anna anrufen, als Markus aus der Ballistik herein kam und mir sagte, dass Tim nicht der Täter sein konnte, da er zu klein war, um die Verletzungen herbeizuführen. Das musste also heißen, dass er jemanden deckte. Aber wen nur, und warum?

„Olivia, wir müssen Tim erneut befragen", sagte Markus mit ernster Miene. „Die Verletzungen an Justin deuten darauf hin, dass jemand viel kräftigerer dahintersteckt muss." Ich nickte nachdenklich. „Tim weiß mehr, als er zugibt. Wir müssen herausfinden, wen er schützt und warum."

Wir gingen zurück zu Tims Haus, diesmal mit einer neuen Strategie. Es war klar, dass der Junge Angst hatte, aber wir mussten ihn dazu bringen, uns die Wahrheit zu sagen. Als wir anklopften, öffnete Tims Mutter die Tür, ihre Augen voller Sorge.

„Frau Müller, wir müssen noch einmal mit Tim sprechen", erklärte ich freundlich, aber bestimmt. „Es ist sehr wichtig."

Sie nickte widerwillig und rief Tim. Der Junge trat zögernd in den Flur, sein Gesicht bleich. „Tim, wir wissen, dass du nicht die Wahrheit gesagt hast", begann ich vorsichtig. „Wir wissen, dass du nicht derjenige warst, der Justin verletzt hat. Bitte, sag uns, wer es war."

Tim schüttelte den Kopf und Tränen traten in seine Augen. „Ich kann nicht", flüsterte er. „Ich darf nicht." Er würde mir noch Schlimmeres antun, wenn er das herausfindet."

Ich spürte, wie sich mein Magen zusammenzog. „Wer würde dir Schlimmeres antun, Tim?" fragte ich behutsam. „Du bist in Sicherheit hier. Wir sind hier, um dir zu helfen."

Er sah sich nervös um, als ob er befürchtete, jemand könnte uns belauschen. „Ihr würdet es nicht verstehen", sagte er leise. „Es war kein Jugendlicher. Es war jemand... älter. Jemand, der gefährlich ist." Meine Gedanken rasten. Dies war eine unerwartete Wendung. „Tim, wir können dich schützen", versicherte ich ihm. „Aber wir müssen wissen, wer das war. Bitte, erzähl uns alles, was du weißt." Tim zögerte, aber dann brach der Damm. „Er ist ein Mann, der in der Nähe des Strandes lebt", begann er zögernd. „Er hat mich gezwungen, ihm zu helfen. Er sagte, er würde mir und meiner Familie wehtun, wenn ich nicht gehorche." „Wie heißt er, Tim?", fragte ich sanft, aber bestimmt.

„Sein Name ist... Karl Meier", sagte Tim, und die Angst in seinen Augen war unverkennbar. „Er hat Justin und mich am Strand gesehen und ist wütend geworden. Er hat Justin..." Er stockte, unfähig, weiterzusprechen. Ich nickte langsam, während Mark sich Notizen machte. „Du hast gut daran getan, uns das zu sagen, Tim", sagte ich beruhigend. „Wir werden sofort Maßnahmen ergreifen, um dich und deine Familie zu schützen."

Nach unserem Gespräch mit Tim fuhr ich sofort ins Büro zurück und versammelte mein Team. „Wir haben einen Namen", sagte ich. „Karl Meier. Er wohnt in der Nähe des Strandes und hat Tim bedroht. Wir müssen ihn finden und befragen."

Das Team war sofort in Aktion. Wir überprüften alle verfügbaren Informationen über Karl Meier und kontaktierten die örtliche Polizei, um Unterstützung zu erhalten. Es dauerte nicht lange, bis wir seine Adresse hatten. Mit einem klaren Plan und Unterstützung durch die örtliche Polizei machten wir uns auf den Weg zu Meiers Haus. Die Anspannung war spürbar, als wir vor dem unscheinbaren Gebäude anhielten. Ich wusste, dass dies ein entscheidender Moment war.

„Seid vorsichtig", warnte ich meine Kollegen, als wir uns dem Haus näherten. „Er könnte gefährlich sein." Die Polizei klopfte an die Tür und rief Meier auf, herauszukommen. Nach einigen angespannten Momenten öffnete sich die Tür und ein Mann mittleren Alters trat heraus. Seine Augen waren kalt und berechnend.

„Karl Meier?", fragte ich, und er nickte stumm. „Wir müssen Sie zu den Ereignissen am Strand befragen." Sein Gesichtsausdruck veränderte sich, als er verstand, warum wir da waren. Doch bevor er reagieren konnte, legten die Polizisten ihm Handschellen an. Zurück im Büro atmete ich tief durch. Wir hatten einen entscheidenden Schritt gemacht, aber es war noch nicht vorbei.

Anna sitzt im Gerichtssaal, das Herz schlägt ihr bis zum Hals. Der Raum ist kalt und die Atmosphäre angespannt. Sie kann kaum glauben, dass sie ihn hier sieht – den Mann, der ihren 17-jährigen Sohn aus dem Leben gerissen hat. Als der Täter eintritt, erstarrt sie.

Sein Blick trifft ihren, und für einen kurzen Moment fühlt es sich an, als würde die Zeit stillstehen. Erinnerungen an ihren Sohn überfluten sie: sein Lachen, die Träume, die sie für ihn hatte. Die Wut und der Schmerz steigen in ihr auf, während sie versucht, die Fassung zu bewahren. Der Raum scheint sich um sie zu drehen.

Der Richter beginnt, die Sitzung zu eröffnen, doch Anna hört kaum zu. Sie sieht nur den Mann, der für die schlimmste Tragödie ihres Lebens verantwortlich ist. Gedanken rasen durch ihren Kopf: Warum? Was hätte sie anders machen können? Plötzlich spürt sie die Hitze der Tränen, die in ihren Augen brennen.

Der Anwalt des Täters spricht, und sie hört nur Bruchstücke, während ihre Welt in Scherben liegt. In diesem Moment wird ihr klar, dass die Konfrontation nicht nur ein Schritt zur Gerechtigkeit ist, sondern auch ein Kampf gegen ihre eigenen Dämonen. Sie atmet tief ein, kämpft gegen die Ohnmacht an, und weiß, dass sie für ihren Sohn stark sein muss.

Anna sah zu Olivia hinüber, Ihre Stimme zitterte, als sie sagte: „Ich kenne Karl Maier aus meiner Kindheit." Olivia blickte überrascht auf. „Was? Wie ist das möglich?"

„Wir sind in der gleichen Nachbarschaft aufgewachsen. Ich kannte seine Familie. Es fühlt sich surreal an, hier zu sein und ihn wiederzusehen – unter diesen Umständen."

Die Erinnerungen überfluteten sie: Kindheitsspiele, Lachen in den Straßen, eine Zeit voller Unbeschwertheit. Anna kämpfte gegen die Flut an Emotionen an. „Wie konnte es nur so weit kommen?"

Olivia nickte mitfühlend. „Das ist es, was wir herausfinden müssen. Es ist wichtig, dass Sie das jetzt teilen." Anna spürte, wie sich der Kloß in ihrem Hals verfestigte. Der Raum um sie herum wurde wieder grau, während sie sich darauf vorbereitete, den nächsten Schritt zu wagen – für ihren Sohn und für die Antworten, die sie brauchte.

Es herrschte eine bedrückende Stille im Gerichtssaal, als die Richterin sich zu Karl Maier umdrehte. Mit fester Stimme fragte sie: „Was brachte Sie dazu, diesen 17-Jährigen so brutal zu attackieren, ihn 17 Mal in die Brust zu stechen und ihn dann auf den Kopf zu schlagen und ihn dann einfach ins Meer zu werfen?"

Karl senkte den Blick, seine Hände zitterten. Die Anklagepunkte schienen schwerer zu wiegen als die Blicke im Raum. „Es war... eine verzweifelte Situation", murmelte er, die Worte kaum hörbar.

„Verzweifelt?", wiederholte die Richterin, ihre Stimme klar und bestimmt. „Nichts rechtfertigt solch eine Grausamkeit!" Anna fühlte, wie die Wut in ihr hochstieg. Die Erinnerungen an ihren Sohn drängten sich vor, und sie konnte kaum an sich halten. „Wie konnten Sie das tun? Wie können Sie hier sitzen und es einfach so erklären?"

Olivia legte beruhigend eine Hand auf Annas Schulter. „Lassen Sie uns den Prozess respektieren", flüsterte sie. Doch Anna konnte nicht anders. Die Fragen brannten in ihr.

Karl hob schließlich den Kopf, seine Augen wirkten leer. „Es war ein Streit... ich wollte nicht, dass es so endet." Die Richterin schüttelte den Kopf. „Ein Streit endet nicht mit Mord. Sie haben eine Entscheidung getroffen, die Leben zerstört hat."

Anna spürte, wie die Emotionen in ihr aufbrachen. Gerechtigkeit. Das Wort hallte in ihrem Kopf, doch was würde es wirklich bringen?

Karl sah auf und begann, seine Stimme zu heben. „Ich habe herausgefunden, dass Justin mein Sohn ist. Doch er wollte nichts mit mir zu tun haben." Die Worte fielen wie ein schwerer Stein in den Raum. Anna erstarrte. „Was? Das kann nicht wahr sein!"

„Es war ein schrecklicher Moment", fuhr Karl fort. „Ich wollte ihn kennenlernen, aber er hat mich abgewiesen. Das hat etwas in mir ausgelöst. Ich war wütend und verzweifelt." Die Richterin schnitt ihm ins Wort. „Das rechtfertigt kein Verhalten wie Ihres! Es gibt keine Entschuldigung für das, was Sie getan haben."

Anna fühlte, wie der Schmerz in ihr sich mit einer neuen Welle von Wut vermischte. „Sie haben nicht nur einen Streit begonnen. Sie haben meinem Sohn das Leben genommen!"

„Ich wollte nicht, dass es so endet!", rief Karl verzweifelt. Doch die Worte verloren sich im Raum, unfähig, den Schmerz und die Trauer zu mindern, die Anna fühlte.

Der Richter blickte ernst auf Karl. „Diese Fakten ändern nichts an der Schwere Ihrer Tat. Die Wahrheit muss ans Licht kommen, und Sie müssen dafür zur Rechenschaft gezogen werden."

Es herrschte eine angespannte Stille im Gerichtssaal. Anna fühlte, wie die Luft ihr den Atem nahm, während sie Karls verzweifelte Worte verarbeitete. Der Schmerz über ihren Sohn und die schockierenden Enthüllungen überwältigten sie.

„Was dachten Sie, als Sie ihn so behandelt haben?", fragte die Richterin erneut, die Stimme fest.

Karl senkte den Blick, seine Augen waren leer. „Ich... ich wollte einfach, dass er mich akzeptiert. Ich fühlte mich wie ein Versager. Aber das war keine Lösung. Ich weiß, dass ich einen unvorstellbaren Fehler gemacht habe."

Anna schüttelte den Kopf, Tränen liefen ihr über die Wangen. „Fehler? Das ist kein Fehler, das ist Mord!"

Die Richterin nickte. „Es ist wichtig, dass wir die ganze Wahrheit hören. Was ist wirklich in dieser Nacht passiert?"

Karl begann zu erzählen, seine Stimme zitterte. „Es war ein Streit, aber es ging nicht nur um ihn. Es ging um all die Jahre, in denen ich nicht für ihn da war. Ich wollte ihn beschützen, aber es lief alles falsch. Ich war in einem Moment der Schwäche."

„Und das rechtfertigt eine so grausame Tat nicht!", rief Anna, während die Emotionen über sie hinwegrollten.

„Ich weiß, ich weiß!", schrie Karl zurück, seine Stimme gebrochen. „Ich kann es nicht ungeschehen machen!"

Die Richterin sah ihn eindringlich an. „Jeder hat die Verantwortung für seine Entscheidungen. Es gibt keinen Ausweg aus dieser Verantwortung." Die Worte schwebten im Raum, während Anna versuchte, einen klaren Gedanken zu fassen. Sie wollte Gerechtigkeit, doch die Antworten schienen nicht zu kommen. Karl war da, aber er konnte den Verlust nicht zurückbringen.

Schließlich wandte sich die Richterin an die Anklage. „Wir müssen sicherstellen, dass die Strafe angemessen ist. Es ist wichtig, dass wir für alle Betroffenen Gerechtigkeit herstellen." Anna wusste, dass sie kämpfen musste – nicht nur für sich selbst, sondern für das Andenken an ihren Sohn. Sie fühlte den tiefen Schmerz, aber auch die Entschlossenheit, für Justin zu stehen. Der Prozess war erst der Anfang, und sie war bereit, sich der Wahrheit zu stellen.

Es herrschte eine gespannte Stille, als Karl plötzlich aufstand. Sein Gesicht war von Wut und Verzweiflung gezeichnet. „Es ist alles Annas Schuld!", rief er. „Ich hatte das Recht, von Justin zu erfahren, dass ich sein Vater bin!"

Anna konnte es kaum fassen. „Wie kannst du das sagen? Du hast ihn getötet!"

„Ich wollte nur, dass er mich akzeptiert!", schrie Karl. „Ich habe das nicht gewollt!" Die Richterin erhob sich mit einer autoritären Stimme. „Das rechtfertigt keineswegs Ihre Taten, Karl. Sie müssen die Konsequenzen tragen!"

„Ich habe das Recht auf eine Familie!", wiederholte Karl, seine Stimme voller Schmerz. „Aber sie haben mich abgewiesen!" Anna fühlte, wie der Zorn in ihr aufwallte. „Du hättest niemals so reagieren dürfen! Das ist kein Recht, das ist Wahnsinn!"

Die Richterin sah Karl ernst an. „Ihre Emotionen rechtfertigen nicht die Entscheidung, das Leben eines anderen zu nehmen. Es gibt keine Entschuldigung für das, was Sie getan haben." Die Worte hallten durch den Raum, während Anna ihre Tränen zurückdrängte. Sie musste stark bleiben, nicht nur für sich, sondern auch für Justin. In diesem Moment wusste sie, dass sie nicht aufgeben durfte.

Die Richterin nahm einen tiefen Atemzug und sah ernst in den Raum. „Nach sorgfältiger Abwägung der Beweise und der Aussagen ergeht folgendes Urteil:" Die Spannung im Gerichtssaal war greifbar, als alle auf die Richterin starrten.

„Karl Maier, Sie werden für schuldig befunden, den 17-jährigen Justin ohne jede Rechtfertigung getötet zu haben. Ihre Handlungen waren nicht nur grausam, sondern auch unverzeihlich."

Anna fühlte, wie ihr Herz einen Schlag aussetzte. Die Gerechtigkeit, nach der sie so lange gesucht hatte, schien greifbar nah. „Ich verurteile Sie zu einer Freiheitsstrafe von 20 Jahren ohne Möglichkeit auf vorzeitige Entlassung", fuhr die Richterin fort. „Sie müssen die Verantwortung für Ihr Handeln tragen."

Ein murmelndes Raunen ging durch den Saal. Karl sank in sich zusammen, seine Schultern hingen schwer. Anna schloss die Augen, Tränen liefen über ihr Gesicht. Es war nicht die Rückkehr ihres Sohnes, aber es war ein Schritt in Richtung Gerechtigkeit.

„Die Erinnerung an Justin wird immer bei uns sein", sagte die Richterin und blickte in den Raum. „Wir müssen dafür sorgen, dass solch ein Schmerz nie wieder erlebt wird." Anna wusste, dass der Weg noch lang war, aber sie fühlte einen Funken Hoffnung, dass die Wahrheit endlich ans Licht gekommen war.

Anna ging, als sie zu Hause angekommen war, in das Zimmer ihres 17-jährigen Sohnes, der nicht mehr am Leben war. Es war, als ob die Zeit in diesem Raum stehengeblieben wäre. Justins Poster hingen noch immer an den Wänden, und seine Bücher lagen auf dem Schreibtisch, als ob er jeden Moment zurückkehren würde, um sie zu lesen. Der vertraute Duft seines Parfums hing in der Luft, und jedes Detail schien ihre Abwesenheit zu betonen.

Sie setzte sich auf sein Bett und fühlte die weiche Decke unter ihren Fingern. Tränen liefen über ihr Gesicht, als sie die Erinnerungen an ihren Sohn durchlebte. Die unzähligen Abende, die sie miteinander verbracht hatten, seine unbeschwerte Art, seine Träume und Hoffnungen – all das war jetzt nur noch ein schmerzhafter Schatten.

Anna griff nach einem seiner T-Shirts und hielt es fest an sich gedrückt, als könnte sie dadurch einen Teil von ihm zurückholen. Die Stille war erdrückend. Sie wusste, dass sie diesen Schmerz nicht alleine bewältigen konnte, aber im Moment fühlte sie sich unendlich einsam.

Die Erinnerungen schossen wie Schatten durch ihren Kopf. Jeder Moment mit ihm, jede Lache und jedes versprochene „Für immer" schmerzte wie ein frischer Schnitt. Sie ließ den Kopf sinken, die Augen geschlossen, und wünschte sich, dass die Zeit stillstehen könnte. Doch die Realität war gnadenlos.

Ein leises Klopfen an der Tür riss sie aus ihren Gedanken. Es war ihre beste Freundin, die sachte hereintrat und die Einsamkeit mit einem sanften Lächeln zu durchbrechen versuchte. Anna wusste, dass sie Hilfe brauchte, aber der Gedanke, mit jemandem darüber zu reden, machte ihr Angst. Sie fühlte sich, als würde kein Wort den Schmerz lindern können.

„Ich bin hier, wenn du reden willst", sagte ihre Freundin leise und setzte sich neben sie auf das Bett. Anna sah sie an, die Tränen drängten sich in ihren Augen. Vielleicht war es an der Zeit, den ersten Schritt zu machen. Vielleicht würde das Teilen des Schmerzes sie nicht mehr ganz so allein fühlen lassen.

Olivia war die Person, die den Fall um ihren Sohn gelöst hatte. Das war nun schon ein Jahr her, und seitdem hatten sich die beiden angefreundet. Ihre Verbindung war stark gewachsen, und die gemeinsame Trauer hatte sie zusammengeschweißt.

Olivia wusste, wie wichtig es für Anna war, jemanden an ihrer Seite zu haben. Oft saßen sie zusammen und erinnerten sich an die schönen Momente, die sie verloren hatten. In diesen stillen Gesprächen fanden sie Trost und Stärke, um den Schmerz zu bewältigen.

„Weißt du, ich habe gelernt, dass es okay ist, nicht stark zu sein", sagte Olivia eines Abends, während sie in die Dämmerung hinaussah. „Es ist wichtig, den Schmerz zu fühlen, ihn zuzulassen."

Anna nickte, während sich ein Kloß in ihrem Hals bildete. Diese Worte waren ein Lichtstrahl in ihrer Dunkelheit. Sie wusste, dass sie nicht alleine war, dass Olivia ihr zur Seite stand. Zusammen würden sie den Weg finden, Schritt für Schritt.

Leugnen Das Nicht-Wahrhaben-Wollen des Verlusts.

Anna kam einfach nicht mit dem Tod von Justin klar. Jeder Tag fühlte sich wie ein schwerer Kampf an, und die Einsamkeit drückte sie unendlich. Die Erinnerungen an ihn waren überall, und der Schmerz war ständig präsent.

Doch Olivia war an ihrer Seite. Sie hatte selbst viel durchgemacht und wusste, wie wichtig es war, nicht allein zu sein. Gemeinsam setzten sie sich oft zusammen, sprachen über Justin und versuchten, die Erinnerungen in etwas Positives zu verwandeln. Olivia hörte geduldig zu, ohne zu urteilen, und bot Anna den Raum, den sie brauchte.

„Es ist okay, traurig zu sein", sagte Olivia einmal, während sie nebeneinander auf dem Sofa saßen. „Lass es zu, lass es heraus. Du musst das nicht alleine tragen."

Anna sah sie an und spürte, wie ein kleines Stück der Last von ihren Schultern fiel. In Olivias Nähe fand sie langsam den Mut, sich ihrer Trauer zu stellen. Es war ein langer Weg, aber mit einer Freundin an ihrer Seite fühlte sie sich ein wenig weniger verloren. Gemeinsam würden sie diesen schweren Weg gehen.

Anna saß mit Olivia im Wohnzimmer, das Licht des späten Nachmittags fiel sanft durch die Fenster. Die Stille war nicht mehr so erdrückend wie zuvor, doch der Schmerz blieb. Sie wusste, dass sie darüber sprechen musste, auch wenn es schwer war.

„Ich vermisse ihn so sehr", flüsterte Anna und ließ ihren Blick auf dem Boden ruhen. „Es fühlt sich an, als wäre ein Teil von mir einfach verschwunden."

Olivia nickte verständnisvoll. „Ich weiß, wie das ist. Manchmal scheint die Welt stillzustehen, während alles andere weitergeht."

„Es ist so unfair", murmelte Anna und ballte die Fäuste. „Warum musste das passieren?"

„Es gibt keine einfachen Antworten", sagte Olivia sanft. „Aber du musst dir die Zeit nehmen, um zu trauern. Es ist ein Teil des Heilungsprozesses."

Anna fühlte, wie sich Tränen in ihren Augen sammelten. „Ich habe Angst, dass ich ihn vergesse. Dass ich irgendwann nicht mehr an ihn denke."

„Er wird immer ein Teil von dir sein", antwortete Olivia. „Die Erinnerungen werden nie verschwinden, und du kannst sie mit mir teilen, wann immer du willst."

Ein zögerliches Lächeln erschien auf Annas Gesicht. „Das bedeutet mir viel, Olivia. Ich weiß nicht, was ich ohne dich machen würde."

„Wir stehen das gemeinsam durch", sagte Olivia und legte ihr eine Hand auf die Schulter. „Egal, wie lange es dauert."

Die beiden saßen einen Moment in Stille, während Anna über die kleinen Dinge nachdachte, die sie an Justin liebte: sein Lachen, die Art, wie er sie immer aufmunterte. Es waren diese Erinnerungen, die ihr halfen, die Trauer zu ertragen.

In den nächsten Tagen fanden sie kleine Rituale, um Justin zu gedenken. Sie zündeten Kerzen an und schauten sich alte Fotos an. Jedes Mal, wenn Anna sprach, wurde der Schmerz ein wenig leichter, und Olivia war stets an ihrer Seite, um sie zu unterstützen.

„Lass uns nächste Woche zum Park gehen", schlug Olivia vor. „Dort können wir ein Picknick machen und an Justin denken."

Anna nickte, das erste Mal seit langem fühlte sie ein kleines Stück Hoffnung. Vielleicht würde sie eines Tages wieder lächeln können, ohne sich schuldig zu fühlen. Gemeinsam würden sie diesen Weg gehen, Schritt für Schritt.

Olivia dachte bei sich: *Ich war froh, Anna aus dem Haus zu bekommen.* Es war wichtig, dass sie einen Schritt nach draußen machte, auch wenn es nur für einen kurzen Moment war. Die Wände des Hauses schienen manchmal erdrückend, und die frische Luft könnte vielleicht ein wenig Klarheit bringen.

„Lass uns einfach ein bisschen spazieren gehen", sagte Olivia ermutigend, während sie die Jacke überzog. „Es wird dir gut tun."

Anna zögerte, aber die sanfte Überzeugung in Olivias Stimme gab ihr den nötigen Anstoß. „Okay, lass es uns versuchen", murmelte sie und folgte ihrer Freundin nach draußen.

Der Park war ruhig und friedlich, und die bunten Blumen schienen in voller Blüte zu stehen. Während sie nebeneinander gingen, atmete Anna tief durch und versuchte, die Gedanken an Justin für einen Moment beiseite zu schieben.

„Es ist schön hier", sagte Anna schließlich und lächelte leicht.

„Ja, es ist ein guter Ort zum Nachdenken", antwortete Olivia. „Und um neue Erinnerungen zu schaffen."

Anna nickte, und obwohl die Trauer immer noch in ihrem Herzen war, fühlte sie, dass dieser Tag einen kleinen Lichtblick brachte. Mit Olivia an ihrer Seite war sie bereit, sich dem Schmerz zu stellen – und vielleicht auch dem Leben.

Anna sah Olivia an und sagte: „Ich bin froh, dass wir nicht zum Meer gegangen sind. Seit Justins Tod war ich nicht mehr dort, und ich wusste nicht, ob ich es ertragen könnte."

Olivia nickte verständnisvoll. „Es ist völlig in Ordnung, das zu fühlen. Der Ort hat so viele Erinnerungen..."

„Ja, genau", unterbrach Anna. „Jede Welle würde mich an ihn erinnern. Ich wollte nicht, dass die Trauer dort noch stärker wird."

„Das ist verständlich. Wir können uns Zeit lassen", erwiderte Olivia sanft. „Es gibt keinen Druck. Schritt für Schritt, richtig?"

Anna lächelte schwach. „Ich glaube, hier im Park fühle ich mich etwas sicherer. Die Natur ist beruhigend."

„Genau", sagte Olivia. „Und wenn du bereit bist, können wir es irgendwann gemeinsam angehen. Aber heute genießen wir einfach den Moment."

Anna atmete tief ein und spürte, wie die frische Luft ihr etwas Mut gab. Vielleicht konnte sie eines Tages auch die schönen Erinnerungen am Meer wieder genießen.

Anna befand sich in der Phase der Leugnung. Oft saß sie da und konnte nicht glauben, dass Justin wirklich nicht mehr da war. Es fühlte sich an, als würde alles nur ein böser Traum sein. Manchmal stellte sie sich vor, dass er gleich um die Ecke kommen würde, sein breites Lächeln auf den Lippen.

„Es kann einfach nicht wahr sein", murmelte sie, während sie mit Olivia im Park saß. „Ich kann es einfach nicht fassen." Olivia legte ihr eine beruhigende Hand auf den Rücken. „Ich verstehe dich, Anna. Es ist schwer, das zu akzeptieren. Manchmal ist es einfacher, nicht darüber nachzudenken."

„Ich denke oft, dass ich ihn einfach anrufen könnte. Oder dass er plötzlich auftaucht", gestand Anna und schaute auf den Boden. „Das ist normal", sagte Olivia leise. „Jeder geht anders mit Trauer um. Es ist in Ordnung, diese Gedanken zu haben."

Anna fühlte sich in ihrer Leugnung gefangen, aber Olivias Unterstützung gab ihr den Mut, sich irgendwann der Wahrheit zu stellen. Schritt für Schritt würde sie lernen, mit dem Verlust umzugehen.

Anna sah Olivia an und murmelte: „Manchmal rufe ich Justins Handy an, nur um seine Stimme beim Beantworter zu hören." Olivia sah sie überrascht an, dann verständnisvoll. „Das musst du dir nicht schämen. Es ist eine Möglichkeit, sich ihm nahe zu fühlen."

„Es ist seltsam", fuhr Anna fort, während sie nervös mit den Fingern spielte. „Es gibt Momente, in denen ich hoffe, dass er abhebt, als könnte ich mit ihm sprechen. Aber ich weiß, dass es nie passieren wird." „Es ist eine Art, den Verlust zu verarbeiten", sagte Olivia sanft. „Die Stimme, die Erinnerungen... Das ist wichtig für dich."

Anna nickte, Tränen stiegen in ihre Augen. „Es fühlt sich einfach so einsam an. Manchmal denke ich, dass ich ihn einfach nicht loslassen kann." „Das musst du auch nicht sofort", beruhigte Olivia. „Es ist ein Prozess, und du darfst dir die Zeit nehmen, die du brauchst. Ich bin hier, um dir zu helfen."

Anna atmete tief durch und spürte, dass es gut tat, darüber zu reden. „Danke, Olivia. Ich weiß nicht, was ich ohne dich tun würde." „Wir schaffen das gemeinsam", sagte Olivia, und in diesem Moment fühlte sich die Last ein wenig leichter an.

Anna sah auf den Boden, während die Tränen ihre Wangen hinunterliefen. „Manchmal habe ich Angst, dass ich mich nie von ihm verabschieden kann. Dass ich immer so fühlen werde."

Olivia rückte näher und legte einen Arm um Anna. „Es ist okay, sich so zu fühlen. Trauer hat keine feste Form, und jeder geht anders damit um. Es ist wichtig, dass du dir selbst erlaubst, zu fühlen, was auch immer das ist."

„Ich weiß, dass ich irgendwann stark sein muss, aber im Moment...", Anna stockte und schluckte hart, „im Moment fühle ich mich einfach verloren."

„Das verstehe ich", sagte Olivia leise. „Aber du musst nicht stark sein. Es ist okay, schwach zu sein und zu kämpfen. Ich bin hier, um dir beizustehen, egal was passiert."

Nach einer kurzen Stille sah Anna auf und erwiderte: „Ich denke, ich brauche das. Jemanden, der mich nicht drängt, weiterzumachen."

„Wir können das in deinem Tempo machen", nickte Olivia. „Und wenn du bereit bist, können wir auch andere Wege finden, um zu gedenken. Vielleicht gemeinsam ins Meer, wenn du es dir zutraust."

Anna dachte darüber nach. „Das könnte irgendwann vielleicht eine gute Idee sein. Aber noch nicht jetzt."

„Das ist in Ordnung", antwortete Olivia. „Nimm dir die Zeit, die du brauchst. Ich werde an deiner Seite bleiben."

In diesem Moment fühlte Anna einen kleinen Funken Hoffnung. Vielleicht würde die Trauer eines Tages leichter werden, und vielleicht würde sie die Kraft finden, neue Erinnerungen zu schaffen, ohne sich schuldig zu fühlen.

Anna nahm einen tiefen Atemzug und blickte auf die Blätter, die sanft im Wind wiegten. „Ich frage mich, ob ich jemals wirklich loslassen kann", sagte sie leise.

Olivia erwiderte: „Loslassen bedeutet nicht vergessen. Es bedeutet, einen Platz für die Erinnerungen zu finden, ohne dass sie dich ständig belasten." Anna nickte nachdenklich. „Ich weiß, dass ich ihn immer lieben werde. Aber manchmal fühlt es sich an, als würde der Schmerz niemals enden."

„Das wird er, Stück für Stück", antwortete Olivia. „Du musst dir nur selbst Zeit geben und die Unterstützung annehmen, die dir angeboten wird. Und wenn du darüber sprechen möchtest, bin ich immer hier." Anna fühlte sich durch Olivias Worte ein wenig erleichtert. „Ich glaube, das hilft, darüber zu reden. Es ist so viel schwerer, alles in mir zu behalten."

„Das verstehe ich. Lass uns einfach im Moment bleiben und das genießen, was wir haben", sagte Olivia, während sie einen Blick auf die bunten Blumen warf. „Wir können auch kleine Ausflüge machen, die dir Freude bringen." „Das klingt gut", sagte Anna. „Vielleicht könnten wir mal ins Café gehen oder einen Film schauen. Irgendetwas, das uns ablenkt."

„Das ist eine großartige Idee!", erwiderte Olivia mit einem Lächeln. „Lass uns das nächste Woche machen." Ein kleines Lächeln breitete sich auf Annas Gesicht aus. „Danke, Olivia. Es tut gut, eine Freundin wie dich zu haben." „Ich bin immer für dich da", sagte Olivia und drückte ihre Hand. „Gemeinsam schaffen wir das." Mit diesem Gefühl der Unterstützung und Verbundenheit nahm Anna einen weiteren tiefen Atemzug. Es war ein kleiner Schritt, aber es war ein Schritt in die richtige Richtung.

Zorn: Wut auf sich selbst, andere oder die Umstände.

Es war Justins Geburtstag, und Anna fühlte sich, als würde ein schwerer Stein auf ihrer Brust lasten. Der Tag war ein ständiger Reminder, dass er nicht mehr da war. Wütend und verletzt kämpfte sie mit ihren Emotionen.

„Warum muss es so schwer sein?", murmelte sie, während sie im Zimmer umherging. Olivia bemerkte ihre Anspannung und setzte sich zu ihr.

„Anna, ich weiß, dass dieser Tag schwer für dich ist", sagte Olivia behutsam. „Möchtest du darüber reden?" „Darüber reden? Was soll ich sagen? Happy Birthday, Justin, ich vermisse dich und bin wütend, dass du nicht hier bist?" Ihre Stimme überschlug sich, während die Tränen in ihren Augen blitzen.

Olivia nickte verständnisvoll. „Es ist okay, wütend zu sein. Es ist in Ordnung, all diese Gefühle zu haben. Du musst dir nichts vormachen." „Ich wollte, dass wir diesen Tag zusammen feiern", gestand Anna und ballte die Fäuste. „Es ist so unfair!"

„Ja, das ist es", stimmte Olivia zu. „Aber vielleicht könnten wir etwas tun, um ihm zu gedenken. Etwas, das dir hilft." Anna sah Olivia an, die Worte waren tröstlich, aber der Schmerz war immer noch da. „Was soll ich tun? Ich kann einfach nicht so tun, als wäre alles in Ordnung."

„Vielleicht könnten wir einen kleinen Moment für ihn schaffen", schlug Olivia vor. „Ein Licht anzünden, seine Lieblingsmusik hören oder einfach einen Spaziergang machen und an ihn denken." Anna überlegte und seufzte. „Ich weiß nicht. Es fühlt sich nicht richtig an."

„Es ist deine Entscheidung, aber ich bin hier, egal was du tust", sagte Olivia. „Lass uns einfach im Moment bleiben und sehen, was sich richtig anfühlt." Nach einer langen Stille spürte Anna, wie die Wut langsam in Traurigkeit umschlug. „Ich vermisse ihn so sehr. Ich wollte, dass er hier ist, um zu feiern."

„Ich verstehe dich", sagte Olivia sanft. „Lass uns für ihn da sein. Er hätte gewollt, dass du das tust." Langsam nickte Anna. „Vielleicht können wir ein Licht anzünden. Für ihn." Olivia lächelte. „Das klingt gut. Lass uns das gemeinsam machen." Anna fühlte sich ein kleines Stück leichter, während sie mit Olivia zusammen den Raum für Justin vorbereitete. Es war ein kleiner Schritt, aber in diesem Moment spürte sie, dass sie nicht allein war.

Anna sah Olivia an und fragte: „Warum kennst du dich so gut mit all dem aus? Es fühlt sich an, als wüsstest du genau, was ich durchmache."

Olivia atmete tief ein und sah Anna ernst an. „Das liegt daran, dass ich selbst einen schweren Verlust erlebt habe. Meine Verlobte ist bei einem Unfall gestorben. Es ist eine Erfahrung, die mich geprägt hat."

„Oh, Olivia...", flüsterte Anna, das Herz schwer vor Mitgefühl. „Es tut mir so leid. Ich wusste das nicht." „Das ist okay", antwortete Olivia sanft. „Es ist nicht immer leicht, darüber zu sprechen. Aber ich weiß, wie es ist, mit dieser Art von Schmerz umzugehen. Manchmal fühlt man sich einfach verloren."

Anna spürte, wie eine Verbindung zwischen ihnen entstand, die tiefer war als vorher. „Wie bist du damit umgegangen?" „Es war ein langer Weg", sagte Olivia und ließ den Blick in die Ferne schweifen. „Es gab Tage, an denen ich einfach nicht weiter wusste. Aber ich habe gelernt, dass es in Ordnung ist, traurig und wütend zu sein. Ich habe mich selbst auch oft gefragt, warum es passieren musste."

„Und was hat dir geholfen?", fragte Anna neugierig. „Freunde, die mich unterstützt haben. Es war wichtig, nicht allein zu sein", erklärte Olivia. „Und auch die kleinen Dinge, die mir Freude bereitet haben. Ich habe gelernt, dass man den Schmerz nicht ignorieren kann, aber man kann lernen, damit zu leben."

Anna nickte nachdenklich. „Ich hoffe, dass ich irgendwann auch so stark sein kann." „Du bist stärker, als du denkst", sagte Olivia mit einem ermutigenden Lächeln. „Und du bist nicht allein. Ich bin hier für dich, heute und an jedem anderen Tag."

In diesem Moment fühlte Anna einen Hauch von Hoffnung. Es war tröstlich zu wissen, dass Olivia ihre Erfahrungen teilen konnte und dass sie gemeinsam den Weg durch die Trauer gehen würden.

Anna sah Olivia dankbar an. „Es bedeutet mir viel, dass du da bist. Manchmal fühle ich mich so allein mit diesem Schmerz." „Das verstehe ich gut", antwortete Olivia. „Aber du musst wissen, dass es okay ist, sich verletzlich zu fühlen. Wir müssen uns nicht ständig stark zeigen."

Anna nickte und schaute auf ihre Hände. „Ich habe das Gefühl, dass ich ständig gegen einen Sturm ankämpfe. Manchmal frage ich mich, ob es irgendwann leichter wird." „Es wird leichter, aber es braucht Zeit", sagte Olivia sanft. „Es gibt Momente, die immer schmerzhaft bleiben werden, aber du wirst lernen, mit ihnen umzugehen. Und du wirst lernen, die schönen Erinnerungen zu schätzen."

„Ich möchte einfach, dass die Trauer nicht so überwältigend ist", gestand Anna und wischte sich eine Träne weg. „Es ist in Ordnung, kleine Schritte zu machen", beruhigte Olivia. „Lass uns für heute einen Schritt nach vorne gehen, indem wir für Justin etwas Besonderes tun. Was hältst du davon, wenn wir ein Licht anzünden und seine Lieblingsmusik hören?"

Anna überlegte kurz, dann lächelte sie schwach. „Das klingt gut. Ich denke, das könnte mir helfen, ihn zu ehren." Gemeinsam gingen sie in die Küche und bereiteten eine kleine Gedenkstätte vor. Anna suchte ein paar Kerzen und stellte sie auf den Tisch, während Olivia die Musik auswählte, die Justin geliebt hatte.

Als sie alles vorbereitet hatten, setzten sie sich zusammen. Olivia zündete die Kerzen an, und der warme Schein erfüllte den Raum. „Für dich, Justin", flüsterte Anna, während sie auf die Kerzen sah. „Ich vermisse dich."

Olivia legte ihre Hand auf Annas. „Er wird immer in deinen Erinnerungen leben. Und du darfst ihm immer wieder zeigen, wie sehr du ihn geliebt hast." In diesem Moment fühlte sich Anna ein kleines bisschen freier. Es war zwar nur ein kleiner Schritt, aber es war ein Schritt, der ihr half, den Schmerz zu tragen. Mit Olivia an ihrer Seite fühlte sie sich weniger allein in ihrer Trauer.

Olivia lehnte sich zurück und sah Anna an, als die Kerzen sanft flackerten. „Weißt du, als meine Verlobte gestorben ist, fühlte ich mich am Anfang wie in einem Nebel. Alles war so surreal. Es war, als wäre die Welt um mich herum stehen geblieben."

Anna hörte aufmerksam zu und fühlte sich durch Olivias Offenheit ermutigt. „Was hast du in dieser Zeit gemacht?" „Ich habe viel geweint und wollte oft einfach nur allein sein", antwortete Olivia. „Aber irgendwann wurde mir klar, dass ich mich isolieren musste, um nicht unterzugehen. Ich begann, meine Gefühle mit Freunden zu teilen, auch wenn es schwer war."

„Hast du nie das Gefühl gehabt, dass du einfach aufgeben willst?" fragte Anna vorsichtig. „Ja, das hatte ich oft", gestand Olivia. „Aber es gab auch Momente, in denen ich für sie stark sein wollte. Ich wusste, dass sie nicht gewollt hätte, dass ich mich selbst verliere. Das gab mir einen Antrieb."

Anna nickte langsam. „Es ist inspirierend, wie du damit umgegangen bist." „Ich habe auch Hilfe in Anspruch genommen", fügte Olivia hinzu. „Therapie hat mir sehr geholfen. Manchmal braucht man jemanden, der einem hilft, den Kopf klar zu bekommen und die Gedanken zu ordnen."

„Ich denke, darüber nach, das vielleicht auch zu versuchen", sagte Anna leise. „Es wäre gut, mit jemandem zu sprechen, der es versteht." „Das könnte eine gute Entscheidung sein", ermutigte Olivia. „Es gibt keinen richtigen oder falschen Weg, mit Trauer umzugehen. Das Wichtigste ist, dass du das tust, was dir gut tut."

„Danke, dass du mir das sagst", flüsterte Anna und fühlte sich ein wenig weniger allein mit ihren Gedanken. „Es ist okay, verletzlich zu sein, Anna", sagte Olivia. „Wir alle kämpfen auf unsere eigene Weise. Und du musst das nicht alleine tun. Ich bin hier, um dich zu unterstützen, wann immer du es brauchst."

In diesem Moment spürte Anna eine tiefe Dankbarkeit für die Freundschaft, die sie mit Olivia aufgebaut hatte. Es war ein kleiner Lichtblick in der Dunkelheit ihrer Trauer, und sie wusste, dass sie nicht alleine durch diese schwere Zeit gehen musste.

Anna atmete tief durch und spürte, wie sich ein kleines Stück Last von ihren Schultern löste. „Ich denke, ich brauche mehr von solchen Gesprächen. Es hilft, offen zu sein." Olivia lächelte ermutigend. „Das ist ein großer Schritt, Anna. Jedes Mal, wenn du darüber sprichst, machst du Fortschritte, auch wenn es klein erscheint."

„Ich habe oft das Gefühl, dass ich den Schmerz einfach wegdrücken sollte", gestand Anna. „Aber das funktioniert nicht. Es wird nur schlimmer." „Genau", sagte Olivia. „Schmerz ist ein Teil des Heilungsprozesses. Es ist wichtig, ihn zuzulassen. Das bedeutet nicht, dass du ihn immer tragen musst, aber du darfst ihn fühlen."

Anna nickte und sah auf die brennenden Kerzen. „Ich frage mich, ob Justin stolz auf mich wäre. Ob er möchte, dass ich weiter mache."„Ich bin mir sicher, dass er stolz wäre", erwiderte Olivia. „Er würde wollen, dass du das Beste aus deinem Leben machst, auch in seiner Abwesenheit. Das ist, was geliebte Menschen tun."

Ein sanftes Lächeln umspielte Annas Lippen, und für einen kurzen Moment fühlte sie sich, als wäre Justin doch ein Stück weit bei ihr. „Ich werde versuchen, das zu glauben." „Und wenn du es nicht kannst, ist das auch in Ordnung", sagte Olivia. „Du musst nicht alles alleine schaffen. Wir sind hier, um uns gegenseitig zu unterstützen."

„Danke, Olivia. Du bist wirklich eine besondere Freundin", sagte Anna mit Dankbarkeit in der Stimme.

„Wir sind ein Team", antwortete Olivia. „Und zusammen werden wir das durchstehen. Lass uns auch kleine Schritte planen, um das Leben zu feiern – für dich und für Justin." Anna überlegte einen Moment. „Vielleicht könnten wir ein kleines Gedenken für ihn organisieren? Eine Art Erinnerungsfeier mit ein paar Freunden?"

„Das klingt nach einer wunderbaren Idee", sagte Olivia begeistert. „Es könnte eine schöne Möglichkeit sein, seine Erinnerung lebendig zu halten und gleichzeitig mit anderen zu teilen, wie sehr er uns gefehlt hat." „Ja, und ich möchte, dass alle wissen, wie viel er für mich bedeutet hat", fügte Anna hinzu.

„Das wird ein schöner Schritt in deine Heilung", sagte Olivia und umarmte Anna fest. „Ich helfe dir dabei, alles zu organisieren. Wir schaffen das gemeinsam." In diesem Moment fühlte Anna eine Welle von Hoffnung und Entschlossenheit. Es war zwar ein langer Weg, aber mit Olivia an ihrer Seite wusste sie, dass sie nicht allein war. Sie waren bereit, gemeinsam zu kämpfen und die Erinnerungen an Justin zu ehren.

Anna lächelte bei dem Gedanken an die Gedenkfeier. „Ich werde eine Liste von Freunden erstellen, die Justin gekannt haben. Vielleicht könnten wir alle zusammenkommen und Erinnerungen teilen."

„Das ist eine großartige Idee", sagte Olivia. „Es wird helfen, den Raum zu füllen und die Liebe zu feiern, die er hinterlassen hat."

Anna spürte, wie die Aufregung in ihr aufstieg. „Wir könnten auch Fotos von ihm aufhängen und vielleicht seine Lieblingsmusik spielen." „Ja! Und vielleicht könnten wir sogar etwas zu essen zubereiten, das er gemocht hat. Es könnte wie ein kleines Fest werden, auch wenn es traurig ist", schlug Olivia vor.

„Das klingt perfekt. Es wird schwer, aber ich glaube, es könnte auch heilsam sein", antwortete Anna nachdenklich. „Genau! Und du bist nicht allein. Ich werde alles unterstützen, was du brauchst", versicherte Olivia. „Lass uns morgen beginnen, die ersten Schritte zu planen."

Anna nickte und spürte, wie ein kleiner Funke Hoffnung in ihr aufblühte. „Danke, Olivia. Es tut gut, so jemanden an meiner Seite zu haben." „Du hast es verdient, dass du unterstützt wirst", sagte Olivia. „Wir alle brauchen jemanden, wenn es hart wird." Ein kurzer Moment der Stille fiel zwischen ihnen, während die Kerzen weiter flackerten. Anna dachte über die bevorstehende Gedenkfeier nach und die Möglichkeit, Justins Erinnerung in einem Raum voller Liebe zu teilen.

„Ich hoffe, dass ich an diesem Tag stark sein kann", sagte Anna leise.„Es ist in Ordnung, nicht stark zu sein. Lass die Gefühle kommen, wie sie kommen", antwortete Olivia. „Wir werden das zusammen durchstehen, egal was passiert."Anna spürte, wie ihr Herz ein wenig leichter wurde.

Vielleicht würde dieser Tag nicht nur schmerzhaft sein, sondern auch eine Möglichkeit bieten, die schönen Erinnerungen zu teilen und Justin auf eine neue Weise zu feiern. „Ich bin bereit, das zu versuchen", sagte Anna entschlossen. „Lasst uns ihm die Feier geben, die er verdient."

„Ja! Lass uns das machen", sagte Olivia mit einem breiten Lächeln. „Es wird ein schöner Weg sein, ihm zu gedenken und gleichzeitig zu zeigen, dass wir weiterleben – für ihn und für uns."

Mit dieser neuen Entschlossenheit fühlte sich Anna bereit, den nächsten Schritt zu gehen. Gemeinsam würden sie eine Feier für Justin planen, und sie würde alles geben, um seine Erinnerung lebendig zu halten.

Anna und Olivia setzten sich an den Tisch und begannen, ihre Pläne für die Gedenkfeier auszuarbeiten. Sie schrieben eine Liste von Freunden, die sie einladen wollten, und überlegten, welche Erinnerungen sie teilen könnten.

„Was wäre, wenn wir eine Art Erinnerungsbuch machen?", schlug Olivia vor. „Jeder könnte eine kleine Geschichte oder einen Gedanken über Justin aufschreiben." „Das ist eine wunderbare Idee", sagte Anna begeistert. „Es wäre schön, diese Erinnerungen gesammelt zu haben. Ich könnte es als etwas haben, das ich immer wieder lesen kann."

„Genau! Und vielleicht können wir das Buch am Ende der Feier an einem besonderen Ort aufbewahren, wo er oft war", fügte Olivia hinzu. „Das würde ihn ehren", stimmte Anna zu und fühlte sich motivierter denn je. „Wir sollten auch seine Lieblingsmusik für die Feier zusammenstellen." Olivia nickte. „Lass uns eine Playlist erstellen. Musik kann so viel bewirken und Erinnerungen lebendig halten."

Die beiden begannen, eine Liste von Songs zusammenzustellen, und während sie darüber sprachen, kamen immer mehr schöne Erinnerungen hoch. „Weißt du noch, wie Justin immer bei jeder Gelegenheit gelacht hat?", sagte Anna mit einem Lächeln. „Er hatte diese unnachahmliche Art, jeden zum Lachen zu bringen."

„Ja, das war so ansteckend!", lachte Olivia. „Er konnte selbst die trübsten Tage aufhellen. Das sollten wir definitiv in den Geschichten festhalten." Je mehr sie redeten, desto mehr fühlte Anna, wie der Schmerz ein Stück weit in den Hintergrund trat. Die Vorfreude auf die Feier gab ihr Kraft.

„Wann wollen wir die Feier eigentlich machen?", fragte Anna. „Ich denke, es wäre schön, es am kommenden Samstag zu machen. Das gibt uns genug Zeit, alles vorzubereiten", schlug Olivia vor. „Das klingt gut. Es ist genug Zeit, um alles zu organisieren und sicherzustellen, dass jeder kommen kann", sagte Anna.

Sie setzten ihre Planung fort, bis der Abend hereinbrach. Als sie schließlich alles zusammengetragen hatten, fühlte Anna eine Mischung aus Aufregung und Nervosität.
„Ich kann nicht glauben, dass wir das wirklich machen", sagte sie. „Es fühlt sich real an." „Das ist es! Es wird ein bedeutungsvoller Tag", sagte Olivia. „Und du bist nicht allein. Wir machen das zusammen." „Danke, dass du so eine tolle Freundin bist", flüsterte Anna und umarmte Olivia fest.

„Ich bin immer für dich da", antwortete Olivia. „Und ich freue mich darauf, diesen besonderen Tag mit dir und den anderen zu teilen. Justin wird immer in unseren Herzen bleiben." Mit dieser positiven Einstellung schloss Anna die Augen und stellte sich vor, wie die Feier aussehen würde. Es war der erste Schritt, um die Erinnerung an Justin auf eine neue, liebevolle Weise zu feiern.

Verhandeln: Der Versuch, mit dem Schicksal zu verhandeln, um den Verlust rückgängig zu machen.

Es war ein paar Tage vor der Gedenkfeier, und während Anna sich auf alles vorbereitete, spürte sie, dass sich in ihr etwas veränderte. Sie war in der Phase der Verhandlung, suchte nach Wegen, wie sie die Dinge hätte anders machen können. „Vielleicht hätte ich mehr für ihn tun können", murmelte sie leise, während sie an einem Tisch voller Fotos und Erinnerungen saß. „Hätte ich ihn öfter anrufen sollen? Hätte ich ihm öfter sagen sollen, wie viel er mir bedeutet?"

Olivia bemerkte die inneren Kämpfe und setzte sich neben sie. „Anna, es ist normal, solche Gedanken zu haben. Wir fragen uns oft, was wir hätten anders machen können, besonders nach einem Verlust." „Aber ich fühle mich so hilflos. Wenn ich nur noch einen Tag mit ihm hätte...", begann Anna, ihre Stimme zitterte. „Ich hätte ihn umarmen, ihm alles sagen wollen."

„Das verstehe ich", sagte Olivia sanft. „Aber du musst wissen, dass du in dem Moment dein Bestes gegeben hast. Es gibt keine Möglichkeit, die Vergangenheit zu ändern." „Es fühlt sich nicht fair an", gestand Anna und wischte sich eine Träne weg. „Ich wünsche mir, ich könnte einen Teil von mir zurückholen."

„Du kannst die Erinnerungen ehren und das Beste aus dem machen, was du hattest", ermutigte Olivia. „Und du tust das gerade, indem du diese Feier planst. Du schaffst einen Raum, um ihn zu feiern und die Liebe zu teilen." Anna seufzte. „Ich hoffe, das wird helfen. Ich will einfach nicht, dass er vergisst wird."

„Das wird nicht passieren", sagte Olivia bestimmt. „Und durch die Feier wird er in unseren Herzen und Gedanken weiterleben. Du tust das für ihn und für dich selbst." Anna nickte langsam, aber die Zweifel blieben. „Was ist, wenn ich nicht stark genug bin, um an diesem Tag durchzuhalten? Was, wenn ich breche?"

„Das ist in Ordnung", beruhigte Olivia sie. „Es ist völlig normal, Emotionen zu zeigen. An einem solchen Tag wird es traurig sein, aber es wird auch schöne Momente geben. Lass die Trauer zu, wenn sie kommt." Anna dachte einen Moment nach. „Vielleicht kann ich es so sehen: Jede Erinnerung, die ich teile, ist ein Schritt zur Heilung."

„Genau! Und du bist nicht allein in diesem Prozess. Ich werde an deiner Seite sein, egal was passiert", sagte Olivia. Diese Worte gaben Anna etwas Trost. Sie wusste, dass sie stark sein musste, aber sie musste auch nicht alles alleine bewältigen. Schritt für Schritt würde sie durch diese Phase der Verhandlung gehen, bis sie einen Weg fand, Frieden zu schließen.

„Danke, Olivia. Ich weiß, dass ich das durchstehen kann, weil du hier bist", sagte Anna mit einem schwachen Lächeln. „Immer für dich", antwortete Olivia und drückte ihre Hand. Gemeinsam würden sie den Weg weitergehen und Justin auf eine Weise ehren, die für sie beide bedeutend war.

Anna saß an ihrem Tisch und starrte auf die Bilder von Justin. Gedanken wirbelten in ihrem Kopf, während sie versuchte, einen klaren Kopf zu bewahren. „Ich habe das Gefühl, dass ich mich selbst überzeugen muss, dass ich ihn wirklich verloren habe", murmelte sie.

Olivia nickte verständnisvoll. „Das ist ein Teil des Prozesses. Manchmal versucht unser Verstand, die Realität zu verhandeln, um mit dem Schmerz umzugehen. Du bist nicht allein damit." „Ich wünschte, ich könnte ihm einfach sagen, dass ich alles anders machen würde", gestand Anna. „Wenn ich nur einen weiteren Tag hätte, um mit ihm zu sprechen..."

„Was würdest du ihm sagen?", fragte Olivia behutsam.

„Ich würde ihm sagen, wie wichtig er für mich war. Dass ich ihn nicht für selbstverständlich gehalten habe", antwortete Anna mit zitternder Stimme. „Ich würde ihm sagen, dass ich ihn liebe." „Das sind wichtige Dinge", sagte Olivia. „Und das kannst du ihm auch auf andere Weise zeigen. Bei der Gedenkfeier kannst du all diese Gefühle mit den anderen teilen."

Anna überlegte. „Vielleicht könnte ich eine kleine Rede vorbereiten. Etwas, das ausdrückt, was ich fühle." „Das wäre eine wunderbare Idee", ermutigte Olivia. „Es kann dir helfen, deinen Schmerz in etwas Positives zu verwandeln. Und es zeigt, wie sehr er dir am Herzen lag."

Die Vorstellung, vor Freunden zu sprechen, machte Anna nervös, aber sie spürte auch, dass es ihr helfen könnte, ihre Gefühle zu kanalisieren. „Ich denke, ich werde es versuchen", sagte sie schließlich. „Das ist mutig von dir", sagte Olivia. „Und denk daran: Es ist okay, emotional zu sein. Jeder wird verstehen, was du durchmachst."

Die nächsten Tage verbrachten sie damit, die Feier vorzubereiten. Anna schrieb ihre Gedanken auf und begann, eine kleine Ansprache zu formulieren. Jedes Wort half ihr, ein Stück weit den Schmerz zu verarbeiten und die Erinnerungen an Justin zu ehren. Am Abend vor der Feier saßen sie zusammen und überprüften die letzten Details. Anna fühlte sich immer noch aufgeregt und ängstlich, aber auch entschlossen.

„Olivia, was, wenn ich während der Ansprache zusammenbreche?", fragte Anna besorgt. „Das ist in Ordnung", antwortete Olivia ruhig. „Du bist menschlich, und es ist ein emotionaler Moment. Lass die Gefühle zu, wenn sie kommen. Es wird nicht nur dir so gehen."

Anna nickte, fühlte sich aber dennoch unsicher. „Ich hoffe nur, dass ich stark genug bin, um es durchzustehen." „Du bist stärker, als du denkst", sagte Olivia und legte ihre Hand auf Annas. „Und egal, was passiert, ich bin da. Du wirst nicht allein sein."

Am Tag der Feier kam der Morgen schneller, als Anna erwartet hatte. Der Raum war liebevoll dekoriert, Kerzen brannten und die Fotos von Justin erinnerten an die vielen schönen Momente. Anna spürte, wie ihre Nervosität mit jeder Minute wuchs.

Als die Gäste eintrafen, umarmte Anna jeden von ihnen und fühlte die Unterstützung, die sie brauchte. Die Gespräche waren voller Erinnerungen und Lachen, aber auch voller Tränen. Jeder war bereit, ihre eigene Verbindung zu Justin zu teilen.

Schließlich war es Zeit für Annas Ansprache. Ihr Herz klopfte, als sie an den Tisch trat, um die Kerzen zu betrachten. Olivia stand an ihrer Seite, ihre Präsenz gab Anna den nötigen Mut.

„Ich möchte ein paar Worte über Justin sagen", begann Anna und atmete tief durch. „Es fällt mir schwer, die richtigen Worte zu finden, aber ich weiß, dass er immer ein Teil von mir sein wird."

Während sie sprach, spürte Anna die Welle von Emotionen in sich. Es war nicht einfach, aber sie spürte, dass sie nicht allein war. Die Erinnerung an Justin lebte in jedem von ihnen. Als sie die letzten Worte sprach, bemerkte sie, wie die Tränen über ihre Wangen liefen. Doch sie fühlte sich befreit, als hätte sie ein Stück des Schmerzes losgelassen.

Olivia trat vor und umarmte sie fest. „Du hast es großartig gemacht", flüsterte sie. „Er wäre stolz auf dich." Anna lächelte durch die Tränen. In diesem Moment wusste sie, dass sie auf dem Weg der Heilung war, und dass die Liebe zu Justin immer einen Platz in ihrem Herzen haben würde.

Olivia: Es war ein bewegender Moment, als Anna an den Tisch trat, um ihre Ansprache zu halten. Ich stand an ihrer Seite und spürte die Nervosität, die von ihr ausging. Ihre Hände zitterten leicht, aber ich wusste, dass sie diesen Schritt brauchte.

„Du schaffst das, Anna", flüsterte ich, als sie ihre ersten Worte sprach. Ihre Stimme war zunächst brüchig, doch ich konnte die Entschlossenheit in ihren Augen sehen. Es war, als würde sie sich selbst beweisen, dass sie stark genug war, um über ihren Verlust zu sprechen.

Ich beobachtete, wie die Gäste aufmerksam wurden, einige mit feuchten Augen. Die Liebe und der Schmerz in diesem Raum waren greifbar. Jeder kannte Justin und hatte seine eigene Geschichte mit ihm. Es war ein kollektives Erinnern, das uns alle näher zusammenbrachte.

Als Anna die letzten Worte sprach und ihre Tränen flossen, fühlte ich mein eigenes Herz schwer werden. Ich wollte sie in diesem Moment festhalten, sie trösten und gleichzeitig den Raum für ihre Trauer lassen. Aber sie war so mutig, und ich war stolz auf sie.

„Du hast es großartig gemacht", flüsterte ich, als sie von der Bühne trat. In meinen Armen fühlte sie sich so verletzlich an, und ich wollte ihr zeigen, dass sie nicht allein war.

Die Gäste begannen zu applaudieren, und ich sah, wie sich einige von ihnen ebenfalls Tränen aus den Augen wischten. Es war ein schöner, ehrlicher Moment, der die Essenz von Justin perfekt einfing. „Danke, dass du hier bist", sagte Anna leise, während sie mich umarmte. Ihr Gesicht war von Emotionen gezeichnet, aber in ihren Augen war auch ein Funken Erleichterung.

„Ich bin immer hier für dich", antwortete ich, und in diesem Moment wusste ich, dass wir beide etwas Wichtiges erreicht hatten. Wir hatten Justins Leben und die Liebe, die wir für ihn empfanden, auf eine Weise geehrt, die uns näher zusammenbrachte. Die Feier ging weiter, und ich sah, wie Anna mit den anderen Gästen sprach. Sie lachte und weinte, und es war eine Mischung aus Schmerz und Freude, die den Raum erfüllte. Es war ein heiliger Raum, in dem jeder die Freiheit hatte, zu trauern und sich zu erinnern.

Ich fühlte mich dankbar, Teil dieses Moments zu sein. Anna war stark, auch wenn sie es selbst vielleicht nicht immer sah. Gemeinsam würden wir diesen Weg weitergehen, und ich war fest entschlossen, sie dabei zu unterstützen. Während wir Erinnerungen an Justin teilten, wusste ich, dass er immer ein Teil von uns bleiben würde. Und ich war froh, dass wir diesen Tag gemeinsam durchgestanden hatten.

Es war spät in der Nacht, und die Feier war vorbei. Die letzten Gäste hatten das Haus verlassen, und eine seltsame Stille legte sich über die Räume, die vor kurzem noch voller Erinnerungen und Emotionen gewesen waren. Ich blieb bei Anna, um sicherzugehen, dass sie nicht allein war.

Wir setzten uns auf die Couch und unterhielten uns leise über den Tag. Anna wirkte erschöpft, aber es schien auch, als hätte sie etwas Frieden gefunden. Doch als sie schließlich einschlief, wusste ich, dass ihre Gedanken und Gefühle noch lange nicht zur Ruhe gekommen waren.

Mitten in der Nacht wurde ich von einem leisen Wimmern geweckt. Ich richtete mich auf und sah, wie Anna unruhig auf der Couch lag, ihre Stirn in Falten gelegt. „Nein, Justin, geh nicht", murmelte sie im Schlaf und Tränen liefen über ihr Gesicht.

Ich kniete mich neben sie und legte vorsichtig eine Hand auf ihre Schulter. „Anna, wach auf. Es ist nur ein Traum", sagte ich leise. Anna schreckte hoch, ihre Augen weit aufgerissen und voller Angst. Es dauerte einen Moment, bis sie mich erkannte und realisierte, wo sie war. „Olivia..." flüsterte sie, und ihre Stimme brach. „Du hattest einen Albtraum", sagte ich beruhigend und setzte mich neben sie. „Willst du darüber reden?"

Sie schniefte und wischte sich die Tränen aus den Augen. „Es war so real. Ich sah Justin, aber er war so weit weg, und egal wie sehr ich mich bemühte, ich konnte ihn nicht erreichen. Es fühlte sich an, als würde er für immer verschwinden."

Ich zog sie sanft in eine Umarmung und hielt sie fest. „Es tut mir leid, dass du das erleben musstest. Albträume können so schrecklich sein, besonders wenn sie sich so real anfühlen." „Ich wünschte, ich könnte ihn zurückholen", sagte Anna, ihre Stimme zitterte vor Trauer. „Es tut so weh, Olivia. Manchmal weiß ich nicht, wie ich weitermachen soll."

„Es ist okay, das zu fühlen", sagte ich und strich ihr über den Rücken. „Du gehst durch eine der schwersten Zeiten deines Lebens, und es ist normal, dass der Schmerz und die Trauer dich überwältigen. Aber du bist nicht allein. Ich bin hier, und ich werde dich durch diese dunklen Momente begleiten."

Anna klammerte sich an mich, und ich spürte, wie sie sich langsam beruhigte. „Danke, Olivia. Ich weiß nicht, was ich ohne dich tun würde." „Du musst dich nicht alleine durchkämpfen", sagte ich sanft. „Wir werden das zusammen durchstehen. Und jedes Mal, wenn es schwer wird, werde ich hier sein, um dich zu unterstützen."

„Ich habe solche Angst, dass diese Albträume nicht aufhören", gestand Anna leise. „Es wird besser werden", versprach ich. „Aber es braucht Zeit. Und bis dahin werden wir einen Weg finden, damit umzugehen. Du bist stark, auch wenn du das jetzt nicht siehst."

Anna nickte schwach, und ich konnte sehen, dass sie trotz der Erschöpfung und des Schmerzes ein kleines bisschen Trost fand. „Ich hoffe, du hast recht", sagte sie und lehnte sich gegen mich.

„Ich weiß es", sagte ich bestimmt. „Lass uns jetzt versuchen, etwas Schlaf zu bekommen. Morgen ist ein neuer Tag, und wir werden ihn zusammen angehen."

Wir legten uns wieder hin, und ich hielt Annas Hand, bis sie schließlich wieder einschlief. Während sie schlief, versprach ich mir selbst, alles zu tun, um ihr durch diese schwere Zeit zu helfen. Gemeinsam würden wir die Dunkelheit überwinden und den Weg zurück ins Licht finden.

Depression: Tiefe Traurigkeit und Rückzug, um den Verlust zu verarbeiten.

In den Tagen nach der Gedenkfeier verschlechterte sich Annas Zustand zusehends. Die Hoffnung und der kleine Trost, den sie an diesem Tag gefunden hatte, schienen in den Hintergrund zu treten. Eine tiefe, allumfassende Traurigkeit legte sich über sie wie eine schwere Decke.

Anna verbrachte die meiste Zeit allein in ihrem Zimmer. Die Vorhänge waren geschlossen, und das Licht, das einst durch die Fenster strömte, war nun gedämpft. Die Fotos von Justin, die ihr Trost spenden sollten, schienen sie nur noch mehr zu belasten. Es war, als wäre sie in einen dunklen Strudel aus Schmerz und Verzweiflung geraten.

Eines Morgens, als ich zu ihr kam, fand ich sie auf dem Bett liegend, die Augen leer auf die Decke gerichtet. „Anna, möchtest du etwas frühstücken?" fragte ich vorsichtig. Sie schüttelte den Kopf, ohne mich anzusehen. „Ich habe keinen Hunger", murmelte sie leise.

„Du hast seit Tagen kaum etwas gegessen", sagte ich besorgt und setzte mich an den Rand ihres Bettes. „Du musst auf dich achten." „Es spielt keine Rolle", antwortete sie, ihre Stimme brüchig. „Nichts davon. Es ist alles so sinnlos ohne ihn."

Mein Herz brach, als ich sie so sah. „Anna, es tut mir so leid, dass du das durchmachen musst. Aber du bist nicht allein. Ich bin hier für dich."

„Es fühlt sich so an, als wäre ich allein", flüsterte sie. „Selbst mit dir hier... ich kann einfach nicht aus diesem Loch herauskommen." Ich streckte die Hand aus und hielt ihre, versuchte, ihr ein wenig Wärme und Trost zu geben. „Depressionen sind grausam. Sie machen alles schwer und dunkel. Aber ich verspreche dir, dass es besser werden kann. Es braucht Zeit und Hilfe, aber du wirst nicht immer so fühlen."

„Ich weiß nicht, wie ich das überstehen soll", gestand Anna, ihre Augen füllten sich mit Tränen. „Es tut so weh, und ich bin so müde." „Lass uns kleine Schritte machen", schlug ich vor. „Vielleicht könntest du heute eine kurze Zeit draußen verbringen. Frische Luft und ein bisschen Sonne könnten dir helfen, dich ein wenig besser zu fühlen."

Sie nickte schwach, und ich konnte sehen, dass sie zumindest bereit war, es zu versuchen. „Okay", flüsterte sie. „Vielleicht später." „Das ist ein guter Anfang", sagte ich ermutigend. „Und wenn du bereit bist, können wir auch darüber nachdenken, professionelle Hilfe zu holen. Es gibt Therapeuten, die auf Trauer und Depressionen spezialisiert sind und dir helfen könnten."

„Ich weiß nicht..." Anna schien unsicher, aber ich sah einen kleinen Funken der Überlegung in ihren Augen. „Es ist in Ordnung, wenn du dich noch nicht bereit fühlst", sagte ich sanft. „Aber denk daran, dass es Optionen gibt. Du musst diesen Schmerz nicht alleine tragen."

„Danke, Olivia", sagte Anna leise. „Für alles."

„Das ist das Mindeste, was ich tun kann", antwortete ich und drückte ihre Hand fest. „Wir werden das zusammen durchstehen. Einen Schritt nach dem anderen." An diesem Tag schaffte es Anna tatsächlich, für kurze Zeit nach draußen zu gehen. Wir saßen zusammen auf der Veranda, und ich sah, wie die Sonne ein wenig Farbe in ihr blasses Gesicht brachte. Es war ein kleiner Schritt, aber ein Schritt in die richtige Richtung.

In den folgenden Wochen unterstützte ich Anna weiterhin, ermutigte sie, kleine Dinge zu tun, die ihr helfen könnten, aus der Dunkelheit herauszukommen. Es war ein langer Weg, und es gab Rückschläge, aber jeder noch so kleine Fortschritt war ein Sieg. Langsam, aber sicher, begann Anna zu erkennen, dass es trotz des überwältigenden Schmerzes und der Depressionen einen Weg nach vorne gab. Und ich würde an ihrer Seite sein, um sie auf diesem Weg zu begleiten.

Es war ein warmer, sonniger Tag, als ich Anna vorschlug, ans Meer zu fahren. Sie hatte sich in den letzten Wochen etwas stabilisiert, aber ich wusste, dass ein Ausflug zu einem Ort, den sie und Justin so sehr geliebt hatten, eine große Herausforderung sein würde. Doch es fühlte sich auch wie ein notwendiger Schritt an, um ihre Heilung voranzubringen.

„Bist du sicher, dass du das möchtest?", fragte ich vorsichtig, als wir im Auto saßen und uns der Küste näherten. Anna starrte aus dem Fenster, ihre Gedanken weit entfernt.

„Ich weiß es nicht", antwortete sie leise. „Aber ich denke, es ist an der Zeit. Justin und ich haben das Meer immer geliebt. Vielleicht finde ich dort ein Stück von ihm wieder." Wir fuhren in Stille weiter, bis wir schließlich den vertrauten Strand erreichten. Die Wellen rollten sanft ans Ufer, und die salzige Brise trug den Duft des Ozeans mit sich. Es war ein wunderschöner Ort, voller Erinnerungen, die jetzt bittersüß waren.

Wir stiegen aus dem Auto und gingen langsam zum Strand hinunter. Anna hielt meine Hand fest, als ob sie sich an etwas Greifbarem festhalten müsste, um nicht von den Erinnerungen überwältigt zu werden. „Er und ich sind oft hierher gekommen", sagte sie schließlich. „Wir haben stundenlang am Wasser gesessen und geredet."

„Er würde wollen, dass du diesen Ort weiterhin genießt", sagte ich sanft. „Dass du die schönen Erinnerungen hier bewahrst."

Anna nickte und ging weiter, bis wir einen ruhigen Platz fanden, an dem wir uns niederlassen konnten. Sie setzte sich in den Sand und ließ die Wellen über ihre Füße spülen. Ich setzte mich neben sie, bereit, sie zu unterstützen, egal was kommen würde.

„Ich habe das Meer immer als einen Ort der Ruhe und des Friedens empfunden", sagte Anna nach einer Weile. „Aber jetzt ist es auch voller Schmerz und Verlust."

„Es ist okay, das zu fühlen", sagte ich. „Es ist Teil des Heilungsprozesses. Und es ist in Ordnung, beides zu empfinden – die Freude und die Trauer." Anna starrte auf die Wellen hinaus. „Ich denke, Justin würde mir sagen, dass ich die Schönheit dieses Ortes weiterhin genießen soll. Dass ich nicht zulassen soll, dass der Schmerz alles überdeckt." „Er hätte recht", stimmte ich zu. „Und indem du hier bist, machst du genau das. Du erlaubst dir, zu fühlen und zu heilen."

Anna lächelte schwach und lehnte sich zurück, die Augen geschlossen, während sie tief durchatmete. „Es fühlt sich gut an, hier zu sein. Schwer, aber auch gut. Als ob ich einen Teil von ihm wirklich hier bei mir habe." Wir verbrachten den Nachmittag damit, am Strand zu sitzen, zu reden und einfach die Ruhe des Meeres zu genießen. Es war eine sanfte, heilende Zeit, und ich konnte sehen, wie Anna langsam begann, Frieden zu finden. Die Trauer war immer noch da, aber sie war nicht mehr ganz so erdrückend.

Als die Sonne begann, unterzugehen, standen wir auf und gingen zurück zum Auto. „Danke, dass du mich hergebracht hast", sagte Anna und umarmte mich. „Es war schwer, aber es war auch das Richtige." „Ich bin stolz auf dich", antwortete ich. „Du machst Fortschritte, auch wenn sie klein erscheinen mögen. Jeder Schritt zählt."

„Ja, das tun sie", sagte Anna leise, und in ihren Augen lag ein Hauch von Hoffnung. „Und ich bin froh, dass ich dich an meiner Seite habe." „Ich werde immer hier sein", versprach ich und legte einen Arm um sie, als wir zum Auto zurückgingen. „Egal was kommt, wir schaffen das zusammen."

Es war ein langer Weg, aber ich wusste, dass Anna es schaffen würde. Mit jedem kleinen Schritt, den sie machte, fand sie ein Stückchen mehr von sich selbst und von dem Frieden, den sie so sehr suchte. Und ich würde an ihrer Seite sein, um sie auf diesem Weg zu begleiten.

Anna: Der Tag am Meer war überwältigend und gleichzeitig befreiend gewesen. Ich hatte lange darüber nachgedacht, ob ich bereit war, diesen Schritt zu gehen, aber Olivia hatte mich ermutigt und mir die Kraft gegeben, es zu versuchen. Jetzt, da wir zurück waren, fühlte ich mich erschöpft, aber auch ein kleines bisschen leichter.

Am Morgen nach unserem Ausflug wachte ich früh auf. Die Sonne schien durch die Vorhänge und erleuchtete mein Zimmer in einem sanften Licht. Ich setzte mich auf und sah auf mein Handy. Ich hatte eine Nachricht von Olivia: „Guten Morgen, Anna. Ich hoffe, du hast gut geschlafen. Wenn du heute etwas unternehmen möchtest, lass es mich wissen. Ich bin hier für dich."

Ich lächelte schwach und schrieb zurück: „Danke, Olivia. Lass uns später reden. Ich brauche noch ein wenig Zeit für mich." Nach dem Frühstück ging ich in Justins altes Zimmer, das ich seit seinem Tod kaum betreten hatte. Es fühlte sich an, als wäre die Zeit hier stehengeblieben. Seine Sachen lagen noch immer an ihrem Platz, und der Geruch seiner Lieblingskörlotion hing noch in der Luft. Ich setzte mich auf sein Bett und atmete tief durch.

„Justin", flüsterte ich leise. „Ich vermisse dich so sehr." Die Tränen kamen schnell, und ich ließ sie einfach fließen. Es war, als ob der Besuch am Meer eine Flut von Emotionen freigesetzt hatte, die ich lange zurückgehalten hatte. Aber diesmal fühlte es sich anders an. Es war nicht nur Schmerz; es war auch eine Art von Akzeptanz.

Ich nahm eines seiner T-Shirts und hielt es fest an mich gedrückt. „Ich weiß, dass du möchtest, dass ich weitermache. Dass ich das Leben wieder genießen kann. Aber es ist so schwer ohne dich." Plötzlich klingelte mein Handy. Es war Olivia. Ich wischte mir die Tränen ab und nahm den Anruf entgegen. „Hallo, Olivia."

„Hallo, Anna", sagte sie sanft. „Wie geht es dir heute?"

„Es geht", antwortete ich ehrlich. „Ich bin gerade in Justins Zimmer. Es ist schwer, aber ich fühle mich ihm hier irgendwie näher."

„Das verstehe ich", sagte Olivia. „Es ist wichtig, sich dieser Trauer zu stellen und die Erinnerungen zu ehren. Hast du darüber nachgedacht, vielleicht etwas aus seinem Zimmer in deinen Alltag zu integrieren? Etwas, das dir Freude bereitet und dich an ihn erinnert?"

Ich dachte nach. „Vielleicht könnte ich ein paar seiner Sachen in mein Zimmer holen. Etwas, das mir hilft, ihn in meinem Alltag bei mir zu haben."

„Das klingt nach einer guten Idee", stimmte Olivia zu. „Kleine Schritte, Anna. Jeder kleine Schritt ist ein Fortschritt." „Danke, Olivia. Deine Unterstützung bedeutet mir so viel", sagte ich und spürte eine Welle der Dankbarkeit. „Immer für dich", antwortete sie.

Nachdem ich aufgelegt hatte, ging ich langsam durch Justins Zimmer und wählte ein paar Gegenstände aus, die mir besonders viel bedeuteten: sein Lieblingsbuch, ein Foto von uns beiden, und eine Muschel, die wir bei einem unserer Ausflüge ans Meer gefunden hatten. Ich trug diese Dinge in mein Zimmer und stellte sie sorgfältig auf meinem Nachttisch ab.

Ich setzte mich aufs Bett und betrachtete die Gegenstände. Sie brachten nicht nur Erinnerungen zurück, sondern auch ein Gefühl von Nähe und Trost. Es war, als hätte ich einen Teil von Justin in mein Leben zurückgeholt.

Der Tag verging ruhig. Ich verbrachte Zeit damit, im Garten zu sitzen und die Natur um mich herum zu genießen. Die Sonne wärmte mein Gesicht, und ich fühlte mich ein wenig leichter, ein wenig hoffnungsvoller. Es war ein kleiner Schritt, aber er fühlte sich bedeutend an.

Am Abend rief Olivia wieder an. „Wie war dein Tag, Anna?"

„Es war ein guter Tag", antwortete ich ehrlich. „Ich habe kleine Fortschritte gemacht. Es fühlt sich an, als ob ich langsam lerne, mit dem Schmerz zu leben und gleichzeitig das Schöne zu sehen."

„Das freut mich sehr zu hören", sagte Olivia. „Du bist stark, Anna. Und ich bin so stolz auf dich."

„Danke, Olivia. Für alles", sagte ich und meinte es aus tiefstem Herzen.

„Wir schaffen das zusammen", sagte sie.

In diesem Moment wusste ich, dass ich auf dem richtigen Weg war. Es würde noch viele schwierige Tage geben, aber ich war nicht allein. Mit Olivia an meiner Seite und den Erinnerungen an Justin in meinem Herzen, konnte ich lernen, wieder zu leben und zu lieben. Schritt für Schritt würde ich meinen Weg finden.

Es war ein ruhiger Nachmittag, als es an der Tür klingelte. Ich war gerade dabei, einen Tee zu machen, als das vertraute Geräusch durch das Haus hallte. Ein kurzer Moment des Zögerns überkam mich, bevor ich zur Tür ging und sie öffnete.

„Mari!" rief ich überrascht, als ich meine Schwester vor mir stehen sah. Sie lächelte mich warm an und zog mich sofort in eine feste Umarmung. „Anna, es ist so schön, dich zu sehen", sagte sie, als sie mich losließ und mich prüfend ansah. „Wie geht es dir?"

„Es geht mir... besser", antwortete ich und spürte, wie die Freude über ihren Besuch mein Herz ein wenig leichter machte. „Komm rein, ich mache gerade Tee." Mari trat ein und sah sich um. „Es ist lange her, seit ich hier war. Es fühlt sich gut an, wieder hier zu sein."

„Ja, es ist schön, dass du da bist", sagte ich und führte sie in die Küche. „Wie lange bleibst du?" „Ein paar Tage, wenn das in Ordnung ist", antwortete sie. „Ich wollte einfach sicherstellen, dass es dir gut geht und dir ein bisschen Gesellschaft leisten."

„Das ist mehr als in Ordnung", sagte ich und fühlte mich plötzlich nicht mehr so allein. „Ich freue mich, dass du hier bist." Wir setzten uns in die Küche und tranken unseren Tee, während wir uns über die letzten Monate austauschten. Mari hatte immer eine beruhigende Wirkung auf mich, und ihre Anwesenheit war wie ein sanfter Wind, der die schweren Wolken ein wenig wegschob.

„Olivia hat mir erzählt, dass du Fortschritte machst", sagte Mari und legte ihre Hand sanft auf meine. „Ich bin so stolz auf dich." „Es war schwer, aber ja, ich denke, es wird langsam besser", antwortete ich und lächelte leicht. „Der Ausflug ans Meer hat mir wirklich geholfen."

„Das freut mich zu hören", sagte Mari. „Und ich bin froh, dass Olivia so eine gute Freundin für dich ist. Es ist wichtig, jemanden zu haben, der dich unterstützt." „Ja, sie ist großartig", stimmte ich zu. „Ich weiß nicht, was ich ohne sie tun würde."

Später am Abend saßen wir zusammen im Wohnzimmer und Mari erzählte von ihrer Arbeit und ihren Reisen. Es war eine willkommene Ablenkung, und ich genoss es, mich auf ihre Geschichten zu konzentrieren.

„Weißt du", sagte Mari nach einer Weile, „ich habe etwas mitgebracht, das ich dir zeigen wollte." Sie griff in ihre Tasche und holte ein kleines Fotoalbum heraus. „Ich dachte, wir könnten uns ein paar alte Fotos von uns und Justin ansehen." Mein Herz setzte einen Moment lang aus. „Ich weiß nicht, ob ich das kann", sagte ich zögernd.

„Es ist in Ordnung, wenn du nicht möchtest", sagte Mari sanft. „Aber ich dachte, es könnte schön sein, sich an die guten Zeiten zu erinnern und ihn auf eine Weise zu feiern, die uns Freude bereitet." Ich atmete tief durch und nickte schließlich. „Okay, lass es uns versuchen."

Wir blätterten durch die Seiten des Albums und sahen uns Fotos aus unserer Kindheit und Jugend an. Es gab Bilder von Familienausflügen, Geburtstagsfeiern und vielen glücklichen Momenten. Mari erzählte Anekdoten zu jedem Foto, und bald lachten wir über die lustigen Geschichten und die verrückten Dinge, die wir als Kinder getan hatten.

„Er hat uns so viel Freude gebracht", sagte Mari leise, als wir ein Bild von Justin betrachteten, wie er breit grinste und die Arme um uns beide gelegt hatte. „Ja, das hat er", stimmte ich zu und spürte, wie die Erinnerungen mein Herz erwärmten. „Es tut gut, sich an die schönen Zeiten zu erinnern."

„Er wird immer ein Teil von uns sein", sagte Mari und legte ihren Arm um meine Schultern. „Und wir werden ihn immer in unseren Herzen tragen."

„Danke, Mari", flüsterte ich und lehnte mich an sie. „Danke, dass du hier bist und mir hilfst, mich an das Schöne zu erinnern." „Immer, Anna", sagte sie und drückte mich fest. „Wir sind Schwestern. Wir stehen das gemeinsam durch."

In dieser Nacht fühlte ich mich ein wenig mehr geheilt, ein wenig mehr im Frieden mit meinen Erinnerungen. Mit Mari an meiner Seite und den liebevollen Erinnerungen an Justin in meinem Herzen, wusste ich, dass ich den Weg der Heilung weitergehen konnte. Schritt für Schritt, Tag für Tag.

Akzeptanz: Die Phase des Annehmens und der Integration des Verlusts in das eigene Leben.

Die Tage vergingen, und ich spürte, wie sich etwas in mir veränderte. Die Schwere der Trauer war noch da, aber sie drückte nicht mehr so unerbittlich auf mein Herz. Es war, als hätte ich gelernt, mit dem Schmerz zu leben, anstatt von ihm überwältigt zu werden. Mari und Olivia waren immer an meiner Seite, und ihre Unterstützung half mir, die dunklen Tage zu überstehen.

Eines Morgens wachte ich mit einem Gefühl der Klarheit auf. Es war Justins Geburtstag. Statt des üblichen Gefühls der lähmenden Traurigkeit fühlte ich eine sanfte Ruhe in mir. Ich wusste, dass ich den Tag anders angehen wollte als in den vergangenen Jahren.

„Mari, Olivia, ich möchte heute etwas Besonderes tun", sagte ich beim Frühstück. Beide sahen mich überrascht an.

„Was hast du im Sinn, Anna?", fragte Olivia sanft.

„Ich möchte an einen Ort gehen, den Justin und ich immer geliebt haben. Den kleinen Park in der Nähe des Flusses. Ich möchte dort ein kleines Picknick machen und an ihn denken. Ihn feiern, anstatt nur zu trauern", erklärte ich.

Mari lächelte und legte ihre Hand auf meine. „Das ist eine wunderschöne Idee, Anna. Wir sind bei dir."

Einige Stunden später fanden wir uns im Park wieder. Die Sonne schien warm, und eine sanfte Brise wehte durch die Bäume. Wir breiteten eine Decke unter einem großen Baum aus und setzten uns darauf. Ich hatte einige von Justins Lieblingssnacks dabei und eine Flasche seines Lieblingsweins.

„Er hat diesen Ort immer geliebt", sagte ich, während wir uns setzten. „Wir haben hier so viele schöne Erinnerungen. Es fühlt sich richtig an, heute hier zu sein." Wir begannen, über Justin zu sprechen, über die lustigen und glücklichen Momente, die wir mit ihm geteilt hatten. Es war, als wäre er für einen Moment wieder bei uns, als würden seine Erinnerungen in der Luft schweben und uns umhüllen.

„Weißt du noch, als er versucht hat, diesen Drachen steigen zu lassen, und er sich in den Bäumen verheddert hat?", sagte Mari lachend. „Er war so entschlossen, ihn wieder runterzubekommen, und wir haben den ganzen Nachmittag damit verbracht, ihn zu retten." „Ja, und dann hat er gesagt, dass es der beste Nachmittag überhaupt war, weil wir zusammen gelacht und Spaß gehabt haben", fügte Ich hinzu.

Ich lachte mit und spürte, wie die Erinnerungen mein Herz füllten. „Er hat das Beste aus jedem Moment gemacht. Das habe ich immer an ihm bewundert." Wir saßen dort und redeten stundenlang, und mit jeder Erinnerung, die geteilt wurde, fühlte ich mich ein wenig mehr im Frieden. Es war, als hätte ich endlich einen Weg gefunden, Justin zu ehren, ohne mich von der Trauer erdrücken zu lassen.

Als die Sonne begann, unterzugehen, nahm ich das letzte Glas Wein und erhob es. „Auf Justin", sagte ich leise. „Auf die Liebe, die wir geteilt haben, und die Erinnerungen, die für immer in unseren Herzen bleiben werden."

„Auf Justin", stimmten Mari und Olivia ein.

Ich spürte, wie sich eine Welle der Dankbarkeit in mir ausbreitete. Dankbarkeit für die Zeit, die ich mit Justin hatte, und für die wunderbaren Menschen in meinem Leben, die mich in meiner Trauer unterstützt hatten.

„Ich denke, ich habe endlich akzeptiert, dass er nicht mehr hier ist", sagte ich leise, als wir die Sachen zusammenpackten. „Aber ich weiß jetzt, dass er immer ein Teil von mir sein wird. In meinen Erinnerungen, in meinem Herzen."

Mari und Olivia umarmten mich fest. „Wir sind so stolz auf dich, Anna", sagte Mari. „Du hast so viel Stärke und Mut gezeigt." „Und wir werden weiterhin an deiner Seite sein", fügte Olivia hinzu. „In guten und in schlechten Zeiten."

Als wir den Park verließen, fühlte ich eine neue Art von Frieden in mir. Es war kein Abschied, sondern eine Akzeptanz dessen, was gewesen war und was immer bleiben würde. Justin war nicht mehr physisch bei mir, aber seine Liebe und seine Erinnerungen würden mich immer begleiten. Und mit dieser Gewissheit konnte ich den nächsten Schritt in meinem Leben machen.

Die Tage nach dem Gedenkpicknick im Park fühlten sich anders an. Die Akzeptanz, die sich langsam in mein Herz schlich, brachte eine Art Frieden, den ich lange nicht gekannt hatte. Justin war mein Sohn, mein Ein und Alles, und obwohl er mit nur 17 Jahren von mir gegangen war, begann ich zu verstehen, dass sein Geist und seine Liebe weiterhin in meinem Leben präsent waren.

An einem besonders sonnigen Morgen beschloss ich, einige von Justins Sachen durchzusehen. Mari war noch zu Besuch und bot ihre Hilfe an. Zusammen öffneten wir die Tür zu seinem Zimmer, das ich seit seinem Tod nur selten betreten hatte. Die vertrauten Düfte und Erinnerungen begrüßten mich sofort, und ich atmete tief durch, um den Moment in mich aufzunehmen.

„Er hatte so viele Pläne", sagte ich, während ich mich auf Justins Bett setzte und ein altes Fotoalbum auf meinem Schoß öffnete. „Er wollte die Welt bereisen, neue Kulturen entdecken und vielleicht Archäologe werden."

Mari setzte sich neben mich und legte eine Hand auf meine Schulter. „Er war ein so wunderbarer Junge, Anna. Er hat jeden Raum erhellt, in den er ging."

Ich blätterte durch die Seiten des Albums, die von Justins Kindheit bis zu seinen letzten Jahren reichten. „Schau, hier ist er bei seinem ersten Schultag. Und hier, sein erster Baseballspiel. Er war so stolz auf dieses Spiel."

„Er hat es geliebt, Teil des Teams zu sein", erinnerte sich Mari lächelnd. „Er hat immer gesagt, dass es nicht ums Gewinnen ging, sondern darum, gemeinsam Spaß zu haben."

Wir fanden sein Lieblingsbuch, seine Zeichnungen und Notizen über die Zukunftspläne, die er gemacht hatte. Ich spürte, wie Tränen in meine Augen stiegen, aber diesmal waren es nicht nur Tränen des Schmerzes, sondern auch der Dankbarkeit für die Zeit, die ich mit ihm hatte.

„Ich möchte einen Teil von ihm bewahren", sagte ich zu Mari. „Vielleicht könnte ich ein kleines Gedenkbuch erstellen, mit seinen Fotos, Zeichnungen und all den Dingen, die ihm wichtig waren."

„Das ist eine wunderbare Idee, Anna", sagte Mari. „Es wird dir helfen, die schönen Erinnerungen zu bewahren und sie lebendig zu halten."

Wir verbrachten den ganzen Tag damit, die schönsten Momente aus Justins Leben zusammenzutragen. Es war eine bittersüße Aufgabe, aber auch eine, die mir half, meine Gefühle zu verarbeiten. Am Ende des Tages hatten wir einen großen Stapel an Erinnerungen, die nur darauf warteten, in ein Gedenkbuch verwandelt zu werden.

Olivia kam am Abend vorbei, um nach uns zu sehen. „Wie geht es euch?", fragte sie, als sie die vielen Fotos und Andenken sah, die sich auf dem Tisch türmten.

„Es war ein emotionaler Tag", gab ich zu, „aber auch ein guter. Wir haben so viele schöne Erinnerungen gefunden, die wir in einem Gedenkbuch für Justin festhalten möchten." „Das klingt wundervoll", sagte Olivia und setzte sich zu uns. „Kann ich helfen?"

Zusammen begannen wir, die Erinnerungsstücke in das Buch zu kleben, während ich die Geschichten dahinter erzählte. Es war eine heilende Erfahrung, meine Liebe und Erinnerungen an Justin mit meinen engsten Freundinnen zu teilen.

Als das Buch fast fertig war, fühlte ich eine tiefe Zufriedenheit in mir. „Ich denke, Justin hätte das gefallen", sagte ich leise, während ich die letzte Seite umblätterte. „Er war immer so stolz auf seine Familie und Freunde."

„Und wir sind so stolz auf ihn", sagte Olivia. „Er wird immer ein Teil von uns sein, Anna. Durch dich und durch all die Menschen, die ihn geliebt haben."

Die nächsten Tage verbrachte ich damit, das Gedenkbuch zu vervollständigen und die letzten Details hinzuzufügen. Es wurde zu einem wertvollen Schatz, ein Symbol für die Liebe und das Leben, das Justin geführt hatte. Es half mir, Frieden zu finden und einen Weg zu sehen, wie ich weiterleben konnte, ohne ihn physisch bei mir zu haben, aber mit dem Wissen, dass er immer in meinem Herzen bleiben würde.

Mit Mari und Olivia an meiner Seite wusste ich, dass ich diesen Weg der Heilung nicht alleine gehen musste. Ihre Liebe und Unterstützung gaben mir die Kraft, jeden neuen Tag mit Hoffnung und Zuversicht zu beginnen. Justin war nicht mehr bei uns, aber seine Erinnerung lebte weiter, und mit dieser Gewissheit konnte ich mich langsam wieder dem Leben öffnen.

Anna saß am Küchentisch und betrachtete das Gedenkbuch, das sie und Mari in den letzten Tagen erstellt hatten. Es war eine bittersüße Aufgabe gewesen, aber sie fühlte sich dabei auch erleichtert. In den letzten Wochen hatte sie viel über Verlust und Liebe nachgedacht, und Olivia war zu einer wichtigen Stütze in ihrem Leben geworden.

„Ich bin so froh, dass ich dich kennengelernt habe", sagte Anna eines Abends zu Olivia, die neben ihr auf dem Sofa saß. „Auch wenn es auf eine so schreckliche Art und Weise passiert ist. Du hast mir so viel Kraft gegeben, und ohne dich wüsste ich nicht, wo ich jetzt stehen würde."

Olivia lächelte sanft. „Ich bin auch froh, dass wir uns gefunden haben, Anna. Ich hätte mir nie gewünscht, dass es so passiert, aber ich sehe die Stärke in dir, und das beeindruckt mich."

„Manchmal fühle ich mich so verloren", gab Anna zu. „Es gibt Tage, an denen ich einfach nicht weiter weiß, an denen die Trauer überwältigend ist. Aber dann bist du da, und es gibt mir Hoffnung."

„Es ist in Ordnung, sich verloren zu fühlen", antwortete Olivia. „Die Trauer ist ein Teil des Heilungsprozesses, und es ist wichtig, sich ihr zu stellen. Aber du bist nicht allein. Du hast Mari, und ich bin hier, um dich zu unterstützen." Anna nickte und fühlte sich in diesem Moment stärker. Sie wusste, dass Olivia nicht nur eine Freundin war, sondern eine wahre Verbündete, die ihr half, den schweren Weg der Trauer zu gehen.

„Hast du jemals darüber nachgedacht, wie es wäre, wenn Justin hier wäre? Was er denken würde?" fragte Olivia. „Ja, oft", antwortete Anna und senkte den Blick. „Ich frage mich, ob er stolz auf mich wäre. Ob er sehen würde, wie ich versuche, mein Leben wieder in den Griff zu bekommen."

„Ich bin sicher, dass er stolz auf dich ist", sagte Olivia und legte eine Hand auf Annas. „Du kämpfst mit einer Stärke, die ich bewundere. Er würde sehen, wie hart du arbeitest, um weiterzumachen." In diesem Moment wurde Anna klar, dass ihre Beziehung zu Olivia mehr war als nur Freundschaft. Sie hatten beide schwere Zeiten durchgemacht und fanden Trost ineinander. Anna wusste, dass Olivia, trotz der Umstände, die sie zusammengebracht hatten, ein Licht in ihrem Leben war.

„Lass uns am Wochenende wieder ans Meer fahren", schlug Olivia vor. „Es könnte gut tun, einen weiteren Schritt zu machen und die Erinnerungen zu vertiefen."

Anna überlegte kurz und nickte dann. „Das klingt gut. Es ist an der Zeit, noch mehr Frieden mit dem Ort zu finden, den wir so geliebt haben. Und vielleicht kann ich Justin dort noch einmal spüren." Am Wochenende packten sie eine kleine Tasche mit Snacks, Wasser und einem Strandtuch. Als sie am Meer ankamen, spürte Anna sofort die familiäre Atmosphäre des Ortes. Die Wellen rollten sanft ans Ufer, und der salzige Duft der Luft umhüllte sie wie eine warme Umarmung.

„Schau mal, Anna", rief Olivia und zeigte auf einen kleinen Sandhaufen. „Lass uns dort ein bisschen spielen, wie Ich und Justin es früher gemacht haben." Anna lächelte und rannte mit Olivia zum Sand. Sie begannen, kleine Sandburgen zu bauen und lachten, während sie sich gegenseitig mit Sand bespritzten. Es war, als würde ein Teil von Justins Kindheit zurückkehren, und die Freude, die sie empfand, fühlte sich befreiend an.

Später setzten sie sich an den Strand, die Füße im Wasser, und schauten dem Sonnenuntergang zu. „Es ist so schön hier", murmelte Anna. „Ich wünschte, Justin könnte das sehen." „Er sieht es, Anna. Er ist immer bei dir", sagte Olivia sanft. „In jedem Moment, in jeder Erinnerung."

Anna fühlte eine Welle von Emotionen in sich aufsteigen, aber diesmal war es nicht nur Schmerz. Es war eine Mischung aus Trauer, Liebe und Hoffnung. Sie wusste, dass sie auf dem richtigen Weg war, und dass die Akzeptanz, die sie spürte, sie näher zu dem Leben brachte, das sie sich wünschte.

„Danke, dass du hier bist, Olivia", sagte Anna leise. „Es bedeutet mir mehr, als du je wissen wirst." „Immer, Anna", antwortete Olivia mit einem warmen Lächeln. „Wir gehen diesen Weg zusammen. Schritt für Schritt."

An diesem Abend, als die Sonne hinter dem Horizont verschwand und die Sterne am Himmel erschienen, fühlte Anna, dass sie nicht nur Justin, sondern auch sich selbst ein Stück mehr gefunden hatte.

Das Leben geht weiter

Olivia saß still neben Anna am Strand, das sanfte Rauschen der Wellen füllte die Stille zwischen ihnen. Die letzten Monate hatten sie einander näher gebracht als sie es jemals für möglich gehalten hatte. Doch tief in ihrem Inneren kämpfte Olivia mit Gefühlen, die sie kaum zuzugeben wagte, nicht einmal vor sich selbst.

„Anna", begann Olivia zögernd, während sie den Blick auf den Horizont gerichtet hielt, „es gibt etwas, das ich dir sagen möchte, aber ich habe Angst, wie du darauf reagieren könntest." Anna drehte sich zu ihr um, ihre Augen suchten Olivias Gesicht nach Antworten. „Was ist es, Olivia? Du kannst mir alles sagen."

Olivia atmete tief durch, ihre Gedanken wirbelten. „Seit wir uns kennengelernt haben, hat sich mein Leben auf so viele Arten verändert. Ich habe viel über Freundschaft, Liebe und Verlust gelernt. Und in dieser Zeit..." Ihre Stimme zitterte leicht. „In dieser Zeit habe ich Gefühle entwickelt, die über Freundschaft hinausgehen. Für dich, Anna."

Anna blinzelte überrascht, ihre Augen wurden weich. „Olivia..."

„Ich weiß, dass das vielleicht nicht der richtige Moment ist", fuhr Olivia fort, bevor Anna etwas sagen konnte. „Und ich verstehe, wenn du nicht das Gleiche empfindest. Aber ich musste es dir sagen. Du bedeutest mir so viel, und ich möchte, dass du die Wahrheit kennst."

Anna war für einen Moment still, ihre Gedanken und Gefühle kämpften um Klarheit. Sie hatte Olivia immer als Freundin gesehen, als jemanden, der ihr half, durch die dunkelsten Zeiten zu kommen. Doch jetzt, da sie Olivias Geständnis hörte, fühlte sie eine neue Schicht ihrer Beziehung aufsteigen.

„Olivia", begann Anna leise, „ich bin so dankbar für alles, was du für mich getan hast. Du warst mein Fels, mein Licht in der Dunkelheit. Und ich würde lügen, wenn ich sagen würde, dass ich nicht auch besondere Gefühle für dich entwickelt habe. Aber ich habe Angst."

Olivia nickte verständnisvoll. „Ich auch, Anna. Ich habe Angst, dass ich die Dinge komplizierter mache, dass ich unsere Freundschaft riskiere. Aber ich konnte es nicht länger für mich behalten." Anna griff nach Olivias Hand und drückte sie sanft. „Vielleicht müssen wir nicht alles sofort wissen oder verstehen. Vielleicht können wir einfach Schritt für Schritt gehen, so wie wir es bisher getan haben. Zusammen."

Olivia lächelte dankbar und spürte, wie die Angst ein wenig von ihr abfiel. „Das klingt gut, Anna. Ich möchte nichts überstürzen, aber ich möchte auch nicht lügen oder Dinge verbergen."

„Dann lass uns ehrlich zueinander sein", sagte Anna. „Wir haben beide viel durchgemacht, und wir verdienen es, glücklich zu sein, egal was die Zukunft bringt."

Sie saßen noch eine Weile schweigend da, die Hände ineinander verschlungen, und beobachteten, wie die Sterne am Himmel funkelten. Der Moment fühlte sich wie ein neuer Anfang an, eine Möglichkeit, ihre Bindung auf eine tiefere Ebene zu bringen, ohne die Angst vor dem Unbekannten. „Weißt du, Justin hätte dich geliebt", sagte Anna schließlich leise. „Er hätte sich gefreut zu sehen, wie du mir geholfen hast, wie du für mich da warst."

Olivia lächelte, Tränen der Rührung in ihren Augen. „Das bedeutet mir so viel, Anna. Und ich verspreche, dass ich immer für dich da sein werde, egal was passiert." „Und ich für dich", antwortete Anna. „Lass uns das gemeinsam herausfinden. Schritt für Schritt, Tag für Tag."

In dieser Nacht, während die Wellen sanft ans Ufer rollten und die Sterne über ihnen glitzerten, fühlte Anna, dass sie und Olivia auf dem richtigen Weg waren. Sie wusste nicht, was die Zukunft bringen würde, aber sie war bereit, es herauszufinden, mit Olivia an ihrer Seite.

In den folgenden Wochen veränderte sich die Dynamik zwischen Anna und Olivia. Die vorsichtige Offenheit, die sie füreinander gefunden hatten, brachte ihnen eine neue Tiefe der Verbindung. Sie verbrachten mehr Zeit miteinander, oft in stiller Zweisamkeit, in der ihre Gefühle füreinander ohne Worte verstanden wurden.

Eines Abends, während sie auf der Veranda von Annas Haus saßen und den Sonnenuntergang betrachteten, sprach Anna plötzlich aus, was ihr auf dem Herzen lag. „Olivia, ich habe darüber nachgedacht... Über uns. Über diese Gefühle, die wir haben."

Olivia drehte sich zu ihr um, ihre Augen suchten Annas Gesicht nach Hinweisen. „Ja?" „Ich habe erkannt, dass ich mich in den letzten Monaten auf dich verlassen habe, mehr als auf irgendjemanden sonst. Du warst mein Anker in einer Zeit, in der ich dachte, ich würde untergehen. Und diese Gefühle, die du mir gestanden hast... Ich glaube, ich empfinde dasselbe für dich." Anna sprach ruhig, ihre Stimme fest trotz der Unsicherheit, die sie empfand.

Olivia lächelte sanft und legte ihre Hand auf Annas. „Ich weiß, dass das alles neu und vielleicht beängstigend ist. Aber ich bin hier, und ich möchte, dass wir es gemeinsam herausfinden." Anna nickte. „Wir haben schon so viel zusammen durchgestanden. Es wäre schön, auch die guten Zeiten gemeinsam zu erleben."

„Das wäre es", stimmte Olivia zu. „Vielleicht könnten wir es langsam angehen lassen. Es ist wichtig, dass wir uns beide wohlfühlen und sicher sind."
„Langsam klingt gut", sagte Anna. „Wir haben keine Eile."

Ihre Freundschaft entwickelte sich allmählich zu etwas mehr, etwas Tieferem. Sie gingen auf gemeinsame Spaziergänge, kochten zusammen Abendessen und verbrachten ruhige Abende damit, Filme zu schauen oder einfach nur zu reden. In diesen Momenten fanden sie Trost und Freude in der Gesellschaft des anderen.

Eines Tages, als sie wieder am Meer waren, fasste Anna den Mut, einen weiteren Schritt zu gehen. „Olivia, ich habe mir gedacht, dass wir vielleicht ein kleines Gedenkritual für Justin abhalten könnten. Hier am Meer, wo er so gerne war." Olivia nickte. „Das klingt wie eine schöne Idee. Wie möchtest du es gestalten?"

„Ich dachte, wir könnten ein paar Blumen ins Wasser werfen, als Symbol unserer Liebe und Erinnerung an ihn", erklärte Anna. „Und vielleicht könnten wir ein paar Worte sagen, um ihn zu ehren."

Sie kauften einige Blumen und gingen zum Strand, wo sie einen ruhigen Platz fanden. Die Sonne begann gerade unterzugehen, und das Licht tauchte den Himmel in warme Farben. Anna hielt die Blumen in der Hand und trat an die Wasserkante.

„Justin, mein geliebter Sohn", begann Anna, während sie die Blumen sanft ins Wasser legte. „Ich werde dich immer lieben und vermissen. Du hast mir so viel Freude gebracht, und ich werde die Erinnerungen an dich für immer in meinem Herzen tragen."

Olivia trat neben sie und warf ebenfalls Blumen ins Wasser. „Justin, du warst und bist ein Teil von uns. Deine Erinnerung lebt in unseren Herzen weiter, und wir werden dich nie vergessen."

Sie standen schweigend da, während die Blumen auf den Wellen tanzten und sich langsam entfernten. Es war ein Moment der Ruhe und des Friedens, und Anna fühlte, wie eine Last von ihrem Herzen genommen wurde. Es war, als hätte sie endlich einen Weg gefunden, ihren Sohn loszulassen und doch bei sich zu behalten.

„Danke, Olivia", sagte Anna leise. „Für alles."

„Immer, Anna", antwortete Olivia und nahm ihre Hand. „Für immer."

Die Wochen vergingen, und Anna und Olivia bauten ihre Beziehung weiter auf, immer vorsichtig, immer respektvoll. Ihre Liebe wuchs in der Sicherheit, dass sie sich einander anvertrauen konnten, dass sie sich gegenseitig unterstützten und gemeinsam stark waren.

Eines Abends, als sie wieder auf der Veranda saßen und den Sternenhimmel betrachteten, lehnte Anna sich an Olivia und sagte leise: „Ich bin froh, dass wir uns auf diese Weise gefunden haben. Trotz allem."

„Ich auch, Anna", antwortete Olivia und legte ihren Arm um sie. „Ich auch."

In dieser ruhigen, klaren Nacht fühlten sie beide, dass sie auf dem richtigen Weg waren. Gemeinsam hatten sie den Schmerz überstanden und eine Liebe gefunden, die sie beide heilte und stärkte. Die Zukunft war ungewiss, aber sie wussten, dass sie sie gemeinsam bewältigen würden, Schritt für Schritt, Tag für Tag, Hand in Hand.

Die folgende Zeit brachte Anna und Olivia noch näher zusammen. Ihre Beziehung wuchs in einer Atmosphäre von Vertrauen und tiefer Zuneigung, die sie durch die Herausforderungen des Lebens begleitete.

Eines Morgens, als Anna aufwachte, fühlte sie sich leicht und erfrischt. Sie drehte sich um und sah Olivia, die neben ihr schlief, und ein sanftes Lächeln breitete sich auf ihrem Gesicht aus. Es war ein neuer Tag, und sie fühlte sich bereit, die Zukunft gemeinsam mit Olivia anzunehmen.

„Guten Morgen", murmelte Olivia, als sie die Augen öffnete und Annas Lächeln sah. „Guten Morgen", antwortete Anna, bevor sie Olivia einen sanften Kuss auf die Stirn gab. „Ich habe das Gefühl, dass heute ein guter Tag wird."

„Ich auch", sagte Olivia, während sie sich streckte und aufsetzte. „Was hast du heute vor?" „Ich dachte, wir könnten einen Ausflug machen", schlug Anna vor. „Vielleicht ein Picknick im Park, wo wir das Gedenkbuch für Justin gemacht haben. Es ist ein schöner Ort und wir könnten ein bisschen Zeit draußen verbringen."

„Das klingt nach einer großartigen Idee", stimmte Olivia zu. „Ich packe ein paar Snacks ein." Sie verbrachten den Vormittag damit, das Picknick vorzubereiten und fuhren dann zum Park. Der Tag war sonnig und warm, und der Park war voller Leben. Sie fanden einen schattigen Platz unter einem großen Baum und breiteten ihre Decke aus.

Während sie das Picknick genossen, sprachen sie über ihre Pläne und Träume für die Zukunft. Anna erzählte von ihrer Arbeit und den Projekten, an denen sie interessiert war, während Olivia über ihre Gedanken zur Zukunft und ihre eigenen Hoffnungen sprach.

„Weißt du, Anna", sagte Olivia nach einer Weile, „ich habe darüber nachgedacht, wie sehr sich mein Leben verändert hat, seit ich dich kenne. Du hast mir so viel gegeben, und ich möchte dir dafür danken."

Anna nahm Olivias Hand und drückte sie sanft. „Du hast mir genauso viel gegeben, Olivia. Du hast mir gezeigt, dass es immer Hoffnung und Liebe gibt, selbst in den dunkelsten Zeiten."

Sie genossen den Nachmittag im Park, lachten und redeten, und es fühlte sich an, als würden sie langsam ein neues Kapitel in ihrem Leben aufschlagen.

Am Abend, als sie zurück nach Hause kamen, fanden sie einen Brief im Briefkasten. Es war ein Brief von Justins Schule, die eine Gedenkfeier für ihn und andere Schüler, die zu früh gegangen waren, plante. Anna fühlte einen Kloß in ihrem Hals aufsteigen, aber auch eine seltsame Erleichterung.

„Was denkst du?", fragte Olivia sanft.

„Ich denke, es wäre gut, hinzugehen", antwortete Anna nach einem Moment des Nachdenkens. „Es wäre eine Möglichkeit, Justin zu ehren und vielleicht ein bisschen mehr Frieden zu finden."

„Ich werde bei dir sein, egal was passiert", sagte Olivia.

Der Tag der Gedenkfeier kam, und Anna und Olivia machten sich zusammen auf den Weg zur Schule. Die Veranstaltung war liebevoll gestaltet, und viele Menschen hatten sich versammelt, um ihrer verlorenen Lieben zu gedenken. Anna hielt Olivias Hand fest, während sie die Reden hörte und die Erinnerungen an Justin wieder in ihr hochkamen.

Als Anna an der Reihe war zu sprechen, trat sie zögernd ans Mikrofon. „Justin war mein Sohn, mein Herz. Er war voller Leben und hatte so viele Träume. Ich vermisse ihn jeden Tag, aber ich bin dankbar für die Zeit, die wir zusammen hatten. Heute ehren wir nicht nur ihn, sondern auch die Liebe und das Leben, das er gelebt hat."

Die Worte kamen schwer, aber auch befreiend. Anna fühlte, wie die Liebe und Unterstützung der Menschen um sie herum sie trugen. Als sie zurück zu Olivia ging, fühlte sie sich stärker und mehr im Frieden.

„Du hast das wunderbar gemacht", sagte Olivia, als sie Anna umarmte. „Justin wäre stolz auf dich."

„Danke, Olivia", flüsterte Anna. „Für alles."

Die Wochen und Monate vergingen, und Anna und Olivia fanden immer mehr in ihren Alltag zurück. Sie planten gemeinsame Projekte, unterstützten sich gegenseitig und fanden neue Wege, ihre Liebe zu vertiefen. Die Trauer war noch da, aber sie war jetzt ein Teil von ihnen, etwas, das sie verband und ihnen half, stärker zu werden.

Eines Abends, als sie wieder auf der Veranda saßen und den Sternenhimmel betrachteten, sprach Anna aus, was sie schon lange fühlte. „Olivia, ich liebe dich. Danke, dass du bei mir bist."

Olivia lächelte, ihre Augen leuchteten im Licht der Sterne. „Ich liebe dich auch, Anna. Wir haben so viel durchgemacht, und ich freue mich auf alles, was noch kommt. Zusammen."

In dieser klaren, ruhigen Nacht wussten sie, dass sie auf dem richtigen Weg waren. Gemeinsam hatten sie den Schmerz überwunden und eine Liebe gefunden, die sie beide heilte und stärkte. Die Zukunft war immer noch ungewiss, aber sie wussten, dass sie sie gemeinsam bewältigen würden, Schritt für Schritt, Tag für Tag, Hand in Hand.

Mit dir an meiner Seite

An einem warmen Sommerabend entschied Olivia, alleine zum Meer zu gehen. Sie brauchte etwas Zeit, um ihre Gedanken zu ordnen und ihren Gefühlen Raum zu geben. Sie wusste, dass es ein wichtiger Schritt für sie war, um nicht nur ihre eigene Trauer, sondern auch ihre wachsende Liebe zu Anna zu verarbeiten.

Als sie am Strand ankam, war die Sonne bereits untergegangen, und der Himmel war in sanften Orangetönen getaucht. Das Rauschen der Wellen und die frische Meeresbrise beruhigten ihre Gedanken. Sie ging langsam am Ufer entlang, die Füße im Wasser, bis sie einen ruhigen Platz fand, an dem sie sich niederlassen konnte.

„Justin", begann Olivia leise und schaute auf die weite, offene See. „Ich weiß, dass ich dich nie wirklich kennengelernt habe, aber ich fühle, dass ich dich trotzdem gut kenne. Durch deine Mutter, durch die Geschichten, die sie erzählt hat, und durch die Erinnerungen, die sie mit mir geteilt hat."

Sie holte tief Luft und fuhr fort: „Ich habe mich in Anna verliebt, Justin. Und ich wollte dir sagen, dass ich es ernst meine. Ich liebe sie von ganzem Herzen. Sie bedeutet mir so viel, und ich will für sie da sein, sie beschützen und ihr helfen, weiterzumachen."

Olivia schloss die Augen, spürte die Verbindung, die sie zu Justin und Anna hatte, und ließ ihre Emotionen freien Lauf. „Ich weiß, dass du einen großen Platz in ihrem Herzen hast und immer haben wirst. Und das ist auch gut so. Du bist ein Teil von ihr, und dadurch auch ein Teil von uns. Ich verspreche dir, dass ich immer für sie da sein werde, egal was passiert."

Die Wellen rollten sanft ans Ufer, und Olivia fühlte sich, als hätte sie eine Verbindung zu Justin hergestellt, auch wenn es nur in Gedanken war. Sie stand auf und schaute in den Himmel, die Sterne funkelten über ihr.

„Ich hoffe, du kannst mich akzeptieren und mir deinen Segen geben, Justin. Ich werde immer mein Bestes tun, um Anna glücklich zu machen und sie zu lieben, so wie du es dir für sie gewünscht hättest."

Mit diesen Worten fühlte Olivia eine Welle der Erleichterung und des Friedens. Sie wusste, dass sie sich ihrem Herzen geöffnet und ihre Gefühle ehrlich mit Justin geteilt hatte.

Als sie zum Haus zurückkehrte, fühlte sie sich gestärkt und bereit, ihre Beziehung zu Anna weiter zu vertiefen. Sie fand Anna auf der Veranda, die in die Nacht hinausschaute und sie erwartungsvoll anlächelte.

„Wie war es am Meer?", fragte Anna sanft.

Olivia setzte sich neben sie und nahm ihre Hand. „Es war gut. Ich habe mit Justin gesprochen."
Anna schaute überrascht, aber auch gerührt. „Wirklich?"
„Ja", antwortete Olivia und lächelte. „Ich habe ihm gesagt, wie sehr ich dich liebe und dass ich immer für dich da sein werde. Es war wichtig für mich, das zu tun."

Tränen füllten Annas Augen, und sie zog Olivia in eine enge Umarmung. „Danke, Olivia. Das bedeutet mir so viel." „Ich liebe dich, Anna", flüsterte Olivia und küsste sie sanft. „Und ich werde immer hier sein, um dich zu beschützen und zu unterstützen."

In dieser Umarmung, unter dem Sternenhimmel, wussten sie beide, dass sie auf dem richtigen Weg waren. Ihre Liebe zueinander und die Erinnerung an Justin verbanden sie auf eine Weise, die sie stärker machte und ihnen den Mut gab, gemeinsam in die Zukunft zu blicken.

Einige Tage nach Olivias bewegendem Moment am Meer erhielt Anna einen unerwarteten Anruf von ihrer Schwester Mari. "Anna, Mama und ich möchten dich besuchen. Es ist schon lange her, und ich denke, es wäre gut für uns alle."

Anna war zunächst überrascht, aber die Idee, ihre Familie um sich zu haben, fühlte sich plötzlich richtig an. "Das klingt gut, Mari. Ich freue mich darauf, euch zu sehen."

Am Tag des Besuchs waren Anna und Olivia damit beschäftigt, das Haus vorzubereiten. Sie wollten, dass es ein einladender Ort für Annas Familie war, ein Ort, an dem sie sich wohl und willkommen fühlten.

Als das Auto vorfuhr, stieg zuerst Mari aus, gefolgt von ihrer Mutter, einer älteren, aber immer noch energiegeladenen Frau mit sanftem Lächeln und weichen Augen, die viel gesehen hatten.

"Mama, Mari!", rief Anna, als sie ihnen entgegenging und beide fest umarmte. Es war ein Moment der Wiedervereinigung, der von Freude und einer tiefen, stillen Erleichterung geprägt war.

Olivia trat zurückhaltend einen Schritt zur Seite, beobachtete das herzliche Wiedersehen und fühlte sich etwas nervös. Doch dann drehte sich Annas Mutter zu ihr und lächelte warm. "Du musst Olivia sein. Anna hat so viel von dir erzählt. Danke, dass du für sie da bist."

Olivia erwiderte das Lächeln und spürte, wie ein Teil ihrer Nervosität verschwand. "Es ist mir eine Ehre, Sie kennenzulernen. Anna bedeutet mir sehr viel."

Sie gingen ins Haus und setzten sich im Wohnzimmer zusammen. Es war ein fröhliches Durcheinander von Geschichten und Erinnerungen, als Annas Mutter und Mari über alte Zeiten sprachen und sich nach Annas und Olivias Alltag erkundigten.

Am Abend, als die Sonne begann unterzugehen, beschlossen sie, einen Spaziergang zum Meer zu machen. Es war Mari, die die Idee aufbrachte. "Ich habe gehört, dass das Meer ein besonderer Ort für dich und Justin war, Anna. Ich denke, es wäre schön, dort zu sein."

Sie machten sich auf den Weg und erreichten bald den Strand, wo die Wellen sanft gegen das Ufer rollten. Annas Mutter und Mari setzten sich auf eine Bank, während Anna und Olivia näher ans Wasser traten.

Anna nahm Olivias Hand und schaute über die Wellen. "Es fühlt sich gut an, hier mit euch allen zu sein. Ich glaube, Justin hätte das auch so empfunden."

Olivia nickte und sah zu Annas Mutter und Mari zurück. "Es ist wichtig, diese Momente zusammen zu teilen."

Annas Mutter stand auf und kam zu ihnen. "Anna, Justin wird immer ein Teil von uns sein, aber wir müssen auch weiterleben. Ich sehe, dass du jemanden gefunden hast, der dich liebt und unterstützt. Das macht mich glücklich."

Tränen stiegen Anna in die Augen, als sie ihre Mutter umarmte. "Danke, Mama. Es bedeutet mir so viel, dass du das sagst."

Mari trat ebenfalls näher und legte einen Arm um ihre Schwester. "Wir sind alle hier für dich, Anna. Du bist nie allein."

In dieser Umarmung, unter dem sanften Licht der untergehenden Sonne, fühlten sie alle eine tiefe Verbundenheit und einen gemeinsamen Trost. Es war ein Moment der Heilung, des Friedens und des Neuanfangs.

Später, zurück im Haus, saßen sie alle zusammen am Esstisch, lachten und sprachen über die Zukunft. Es war eine Zeit der Zusammengehörigkeit und des Neubeginns, geprägt von der Liebe und Unterstützung, die sie alle miteinander teilten.

Anna fühlte sich zum ersten Mal seit langer Zeit wirklich frei. Sie wusste, dass sie, mit Olivia an ihrer Seite und der Unterstützung ihrer Familie, alles schaffen konnte, was die Zukunft für sie bereithielt.

Später am Abend, als die Stimmung ruhiger wurde und die Gespräche leiser, fanden Mari und Olivia einen Moment allein auf der Veranda. Das sanfte Zirpen der Grillen und das gelegentliche Rauschen des Meeres waren die einzigen Geräusche, die die Stille durchbrachen.

Mari wandte sich zu Olivia und musterte sie mit einem nachdenklichen Ausdruck. „Olivia, darf ich dich etwas Persönliches fragen?"Olivia nickte, neugierig und ein wenig nervös. „Natürlich, Mari. Was möchtest du wissen?"

Mari zögerte einen Moment, bevor sie ihre Frage stellte. „Hast du schon einmal darüber nachgedacht, Anna zu heiraten? Ihr beide seid euch so nahe gekommen und es scheint, als ob ihr wirklich glücklich miteinander seid."

Olivia spürte, wie ihr Herz schneller schlug. Sie hatte über diese Möglichkeit nachgedacht, aber es war etwas anderes, es laut ausgesprochen zu hören. „Ich... habe darüber nachgedacht, ja. Aber ich möchte nichts überstürzen. Anna hat so viel durchgemacht, und ich will sicher sein, dass sie bereit ist."

Mari lächelte sanft und legte eine Hand auf Olivias Arm. „Ich verstehe das. Aber weißt du, manchmal kann so eine Geste auch ein Zeichen der Heilung und des Neuanfangs sein. Ich sehe, wie sehr du sie liebst, und ich glaube, dass sie genauso fühlt."

Olivia nickte nachdenklich. „Ich liebe sie wirklich sehr, Mari. Und ich möchte, dass sie glücklich ist. Vielleicht... vielleicht ist es wirklich der richtige Schritt."

„Nimm dir die Zeit, die du brauchst", ermutigte Mari sie. „Aber wenn der Moment kommt, denke daran, dass du nicht alleine bist. Wir alle unterstützen euch."

In diesem Moment öffnete sich die Tür und Anna trat heraus, ein Lächeln auf den Lippen. „Was macht ihr beiden hier draußen?"

„Wir genießen nur die frische Luft", antwortete Mari schnell und stand auf. „Ich lasse euch zwei allein. Gute Nacht, Olivia. Gute Nacht, Anna." „Gute Nacht, Mari", sagte Anna, als sie ihre Schwester verschwinden sah. Dann setzte sie sich neben Olivia und legte den Kopf auf ihre Schulter. „Was hat sie gesagt?"

Olivia legte einen Arm um Anna und küsste sie sanft auf die Stirn. „Sie hat nur gefragt, ob wir glücklich sind." „Und was hast du gesagt?" fragte Anna leise.

„Dass ich dich liebe und dass wir gemeinsam alles schaffen können." Olivia sah Anna in die Augen. „Und das ist die Wahrheit." Anna lächelte und drückte Olivias Hand. „Das ist es, was zählt."

Sie saßen eine Weile in stiller Harmonie da, genossen die Ruhe der Nacht und die Nähe zueinander. Olivia spürte, dass der Gedanke, den Mari in ihr geweckt hatte, in ihrem Herzen wuchs. Vielleicht war es wirklich an der Zeit, einen neuen Schritt in ihrer Beziehung zu wagen.

Die kommenden Tage vergingen in einer Mischung aus Freude und Nachdenklichkeit. Olivia und Anna verbrachten viel Zeit miteinander, sprachen über ihre Träume und Hoffnungen, und fühlten sich immer mehr als Einheit. Der Gedanke an eine gemeinsame Zukunft, an ein Leben als Ehepaar, schlich sich immer wieder in Olivias Gedanken.

Eines Abends, als sie wieder am Meer saßen und den Sonnenuntergang beobachteten, fasste Olivia endlich den Mut. „Anna, es gibt etwas, das ich dir sagen möchte." Anna drehte sich zu ihr um, ihre Augen leuchteten im sanften Licht der untergehenden Sonne. „Was ist es, Olivia?"

Olivia nahm Annas Hände in ihre und sah ihr tief in die Augen. „Ich habe in letzter Zeit viel nachgedacht... über uns, über unsere Zukunft. Ich liebe dich mehr, als ich es je für möglich gehalten hätte. Und ich möchte mein Leben mit dir verbringen. Anna, willst du mich heiraten?"

Tränen der Freude füllten Annas Augen, und sie brachte nur schwer ein Wort heraus. „Ja, Olivia. Ja, ich will dich heiraten." Sie umarmten sich fest, beide überwältigt von den Gefühlen dieses Augenblicks. Es war ein Moment der vollkommenen Glückseligkeit, ein Versprechen für die Zukunft, das sie beide mit Hoffnung und Liebe erfüllte.

Unter dem funkelnden Sternenhimmel, mit dem Meer als stummem Zeugen, wussten Anna und Olivia, dass sie ihren Weg gefunden hatten. Gemeinsam würden sie die Herausforderungen des Lebens meistern, unterstützt von der Liebe und der Gemeinschaft, die sie umgab.

Die nächsten Tage vergingen wie im Flug. Anna und Olivia waren voller Vorfreude und begannen, ihre gemeinsamen Pläne zu schmieden. Die Nachricht von ihrer Verlobung verbreitete sich schnell, und bald waren Glückwünsche von Freunden und Familie eingetroffen. Annas Mutter und Mari waren überglücklich und unterstützten das Paar bei jedem Schritt.

Eines Morgens saßen Anna und Olivia zusammen in der Küche und tranken Kaffee, als das Thema der Hochzeit erneut zur Sprache kam. „Hast du schon an ein Datum gedacht?", fragte Anna und rührte in ihrer Tasse.

Olivia lächelte. „Ich dachte, es wäre schön, im Frühling zu heiraten. Wenn alles blüht und das Leben neu erwacht. Was denkst du?" Anna nickte zustimmend. „Das klingt perfekt. Und ich würde gerne am Meer heiraten, wo wir so viele besondere Momente erlebt haben."

„Das Meer ist der perfekte Ort", stimmte Olivia zu. „Lass uns Mari und deine Mutter fragen, ob sie uns helfen können. Es gibt so viel zu planen." Sie verbrachten den Tag damit, mit Mari und Annas Mutter über die Hochzeit zu sprechen. Die beiden Frauen waren begeistert und boten sofort ihre Unterstützung an. Mari übernahm die Organisation der Gäste und half bei der Auswahl des Caterings, während Annas Mutter sich um die Blumen und Dekorationen kümmerte.

Die Wochen vergingen schnell, und der Frühling rückte näher. Der Tag der Hochzeit stand kurz bevor. Der Strand war wunderschön geschmückt, die Stühle waren in Reihen aufgestellt, und ein Bogen aus Blumen bildete den perfekten Rahmen für die Zeremonie. Am Tag der Hochzeit war das Wetter ideal: Die Sonne schien, der Himmel war blau, und eine sanfte Brise wehte vom Meer herüber. Anna stand in einem eleganten weißen Kleid vor einem Spiegel und betrachtete ihr Spiegelbild.

Ihre Hände zitterten leicht vor Aufregung. „Du siehst wunderschön aus, Anna", sagte Mari, die hereinkam und ihre Schwester liebevoll umarmte. „Olivia wird überwältigt sein." „Danke, Mari", flüsterte Anna. „Ich bin so glücklich. Und ein bisschen nervös."

„Das gehört dazu", lächelte Mari. „Aber du wirst sehen, es wird der schönste Tag deines Lebens." Auf der anderen Seite des Hauses bereitete sich Olivia vor. Sie trug einen schlichten, aber eleganten Anzug und sah auf die Uhr. Die Minuten schienen endlos, bis es endlich Zeit war, zum Strand zu gehen.

Als Olivia den Strand erreichte, sah sie die Gäste, die sich versammelt hatten, um das glückliche Paar zu feiern. Sie stand unter dem Blumenbogen und wartete nervös, aber freudig erregt. Dann erklang die Musik, und alle Köpfe drehten sich, als Anna den Weg zum Strand entlangschritt. Ihre Augen leuchteten vor Glück, und Olivias Herz schlug schneller, als sie ihre zukünftige Ehefrau sah.

Anna erreichte den Blumenbogen und nahm Olivias Hände in ihre. Beide sahen sich tief in die Augen, und der Moment schien stillzustehen.Der Trauredner begann die Zeremonie, sprach von Liebe, Hoffnung und dem Versprechen einer gemeinsamen Zukunft. Dann kam der Moment der Gelübde.

Olivia ergriff das Wort zuerst. „Anna, seit dem Moment, als ich dich traf, wusste ich, dass du etwas Besonderes bist. Du hast mir gezeigt, was wahre Liebe bedeutet. Ich verspreche, immer an deiner Seite zu sein, dich zu unterstützen und mit dir gemeinsam alle Herausforderungen des Lebens zu meistern. Ich liebe dich von ganzem Herzen."

Tränen der Rührung standen in Annas Augen, als sie antwortete. „Olivia, du bist mein Fels, mein Licht und meine Liebe. Du hast mir gezeigt, dass es nach der Dunkelheit immer wieder Licht gibt. Ich verspreche, dich zu lieben, zu ehren und für dich da zu sein, heute und für immer. Ich liebe dich."

Der Trauredner lächelte. „Mit diesen Worten erkläre ich euch zu Ehefrauen. Ihr dürft euch jetzt küssen." Olivia und Anna küssten sich unter dem Applaus und den Freudentränen ihrer Gäste. Es war ein Moment voller Glück und Liebe, der den Beginn ihres gemeinsamen Lebens markierte.

Die Feier dauerte bis in die späten Abendstunden. Es wurde gelacht, getanzt und gesungen, und alle genossen das festliche Ambiente am Meer. Anna und Olivia konnten ihre Freude kaum in Worte fassen. Sie waren umgeben von der Liebe ihrer Familie und Freunde, und ihre Herzen waren voller Glück und Hoffnung.

Als die Nacht hereinbrach und die Sterne am Himmel funkelten, saßen Anna und Olivia Hand in Hand am Strand, etwas abseits von den anderen. „Das war der perfekte Tag", sagte Anna leise und lehnte sich an Olivia. „Ja, das war es", stimmte Olivia zu und küsste Anna sanft auf die Stirn. „Und es ist erst der Anfang unseres gemeinsamen Abenteuers."

Unter dem Sternenhimmel, mit dem Rauschen der Wellen im Hintergrund, wussten Anna und Olivia, dass sie alles erreichen konnten, solange sie zusammen waren. Ihre Liebe war stark, und sie waren bereit, alle Herausforderungen des Lebens gemeinsam zu meistern.

Am nächsten Morgen, als die Sonne sanft über dem Horizont aufging und der Strand in ein warmes, goldenes Licht tauchte, fanden Anna und Olivia einen ruhigen Moment allein mit Annas Mutter. Sie saßen auf der Veranda des Ferienhauses, das sie für die Hochzeit gemietet hatten, und sahen dem friedlichen Erwachen des Tages zu.

Annas Mutter, eine Frau mit weisem, freundlichem Blick, nahm Annas Hand in ihre und drückte sie sanft. „Anna, meine Liebe, ich möchte dir etwas sagen." Anna drehte sich zu ihrer Mutter und sah das Leuchten in ihren Augen. „Was ist es, Mama?"

Annas Mutter holte tief Luft und lächelte liebevoll. „Ich wollte dir sagen, wie unglaublich stolz ich auf dich bin. Du hast in den letzten Jahren so viel durchgemacht und bist dennoch so stark und mutig geblieben. Justin wäre so stolz auf dich."Tränen füllten Annas Augen, und sie spürte einen Kloß im Hals. „Danke, Mama. Das bedeutet mir sehr viel."

Olivia saß neben ihnen und spürte die emotionale Bedeutung des Augenblicks. Sie legte ihre Hand auf Annas Schulter und lächelte unterstützend. Annas Mutter wandte sich nun an Olivia und ergriff auch ihre Hand. „Und du, Olivia, ich möchte dir danken. Du hast meiner Tochter gezeigt, dass es nach der Dunkelheit immer wieder Licht gibt. Du hast ihr Herz geheilt und ihr wieder Hoffnung und Liebe geschenkt. Dafür bin ich dir unendlich dankbar."

Olivia spürte, wie ihr die Tränen in die Augen stiegen. „Es war mir eine Ehre, Anna zu lieben und für sie da zu sein. Sie hat mir genauso viel gegeben, wenn nicht mehr." Annas Mutter zog beide Frauen in eine enge Umarmung. „Ihr beide seid füreinander bestimmt. Eure Liebe ist stark und schön, und ich weiß, dass ihr gemeinsam alles meistern werdet."

Anna konnte ihre Tränen nicht länger zurückhalten und ließ sie frei fließen. Sie fühlte sich von der Liebe und Unterstützung ihrer Mutter tief berührt. „Danke, Mama. Deine Worte bedeuten mir mehr, als ich je sagen kann."

„Ich liebe dich, meine Tochter", flüsterte Annas Mutter und küsste sie auf die Stirn. „Und ich liebe dich auch, Olivia. Ihr seid beide ein Teil meiner Familie, und das wird immer so bleiben."

Die drei Frauen blieben noch eine Weile so sitzen, in einer Umarmung voller Wärme und Liebe, und schauten dem neuen Tag entgegen. In diesem Moment spürten sie eine tiefe Verbundenheit und ein unerschütterliches Band, das sie alle zusammenhielt.

Es war ein neuer Anfang, geprägt von Liebe, Hoffnung und dem Versprechen einer glücklichen Zukunft. Anna und Olivia wussten, dass sie nicht nur einander, sondern auch die bedingungslose Unterstützung ihrer Familie hatten. Und das gab ihnen die Kraft, allem entgegenzutreten, was das Leben für sie bereithielt.

Ein sanfter Wind strich über den Strand, trug Salzgeruch und das leise Rauschen der Wellen heran, während Anna, Olivia und Annas Mutter eng umschlungen auf der Veranda saßen. Die Worte der Mutter hallten in Annas Gedanken wider, wie eine Melodie, die sie sanft umhüllte und Trost spendete.

Anna fühlte sich tief bewegt von der Herzlichkeit ihrer Mutter, die Worte der Anerkennung und Liebe aussprach, die sie so lange gebraucht hatte. Sie war dankbar für diesen Moment der Verbundenheit, der nicht nur die Freude über ihre Hochzeit umgab, sondern auch die Erinnerung an Justin und die Herausforderungen, die sie gemeinsam durchgestanden hatten.

Olivia, die die Intensität des Augenblicks spürte, drückte Annas Hand sanft und lächelte sie an. Sie fühlte sich privilegiert, Teil dieses Kreises der Unterstützung zu sein, der Anna umgab. Die Wärme und Güte von Annas Mutter berührten sie zutiefst und bestärkten sie in dem Gefühl, dass sie die richtige Entscheidung getroffen hatte, ihr Herz Anna zu öffnen.

„Danke, dass du mich so herzlich in deine Familie aufgenommen hast", sagte Olivia schließlich leise, aber fest. „Es bedeutet mir unglaublich viel." Annas Mutter lächelte und strich ihr sanft über den Arm. „Liebe Olivia, du bist wie eine Tochter für mich. Ich sehe, wie sehr du Anna liebst und wie glücklich ihr beide miteinander seid. Das ist das Wichtigste."

Anna nickte zustimmend, unfähig, ihre Gefühle in Worte zu fassen, aber überglücklich darüber, dass ihre Mutter und Olivia so offen und warm miteinander umgingen. Die Sonne stieg höher am Himmel, und die Geräusche des Tages erwachten langsam um sie herum. Doch für Anna, Olivia und Annas Mutter fühlte es sich an, als ob sie in einem besonderen, zeitlosen Moment eingefangen waren – ein Moment der Liebe, des Verständnisses und der tiefen Verbundenheit.

„Ich werde immer für euch beide da sein", sagte Annas Mutter schließlich leise. „Egal, was das Leben bringt." Anna lächelte und legte ihren Kopf auf die Schulter ihrer Mutter. „Danke, Mama. Das bedeutet mir alles." Olivia spürte eine Welle der Dankbarkeit und drückte Annas Hand fester. „Wir haben so viel Glück, dich zu haben."

Die drei Frauen saßen noch eine Weile zusammen, umarmt von der Liebe und dem Frieden dieses besonderen Morgens. Sie wussten, dass die Zukunft vielleicht Herausforderungen mit sich bringen würde, aber sie würden sie gemeinsam angehen – gestärkt durch die Liebe, die sie füreinander empfanden und die Unterstützung ihrer Familie, die wie ein unsichtbarer, aber fester Anker war, der sie zusammenhielt.

Es war ein Moment der Erneuerung und der Hoffnung, der den Beginn eines neuen Kapitels markierte – nicht nur für Anna und Olivia als Ehepaar, sondern für ihre gesamte Familie, die sich um sie herum versammelte und sie mit Liebe und Segen umgab.

Zeit heilt alle Wunden

Ein Jahr war vergangen seit Anna und Olivia sich das Jawort gegeben hatten. Das Jahr war wie im Flug vergangen, und doch war jeder Moment davon voller Bedeutung und Erinnerungen, die sie für immer in ihren Herzen tragen würden.

Die Hochzeit am Strand war ein strahlender Tag gewesen, von der Sonne geküsst und von der Liebe ihrer Familie und Freunde umgeben. Anna und Olivia hatten ihre Ehe mit einer tiefen Verbundenheit und dem Versprechen begonnen, einander durch Höhen und Tiefen zu begleiten.

In diesem Jahr hatten sie viel erlebt und geteilt. Sie hatten ihre Wohnung neu eingerichtet, ihre Routinen als Ehepaar gefunden und sich aneinander angepasst. Es gab Höhen und Tiefen, Momente des Lachens und der Freude, aber auch Zeiten der Herausforderung, die sie gemeinsam gemeistert hatten.

Anna hatte ihre Arbeit als Lehrerin fortgesetzt und fand Erfüllung darin, junge Köpfe zu formen und zu inspirieren. Olivia hatte ihre Arbeit als Rechtsanwältin vertieft und sich weiterhin für Gerechtigkeit eingesetzt, eine Leidenschaft, die sie beide teilten.

An besonderen Tagen wie dem Jahrestag ihrer Hochzeit hatten sie sich Zeit genommen, um innezuhalten und über ihre Reise nachzudenken. Sie hatten Erinnerungen aufgefrischt, die Fotos ihres Hochzeitstages durchgesehen und über ihre Träume und Ziele gesprochen.

Als sie an einem warmen Sommerabend am Strand spazierten, den sie so gut kannten und liebten, fühlten sie sich dankbar für all die Liebe und Unterstützung, die sie in diesem Jahr erfahren hatten. Das Rauschen der Wellen und das Funkeln der Sterne am klaren Himmel erinnerte sie daran, wie kostbar und zerbrechlich das Leben sein konnte.

„Es war ein wunderschönes Jahr", sagte Anna leise, während sie Olivias Hand hielt und in den Horizont starrte. „Ich kann es kaum glauben, wie schnell die Zeit vergangen ist." Olivia lächelte und drückte Annas Hand. „Ja, es war unglaublich. Ich bin so dankbar, dass ich es mit dir teilen durfte."

„Ich auch", antwortete Anna und lehnte ihren Kopf an Olivias Schulter. „Ich liebe dich so sehr." „Und ich dich, für immer", flüsterte Olivia und küsste sanft Annas Stirn. In diesem Moment fühlten sie sich verbunden wie nie zuvor. Sie wussten, dass das Leben ihnen weiterhin Überraschungen und Herausforderungen bringen würde, aber sie waren bereit, sie gemeinsam anzugehen.

Mit jedem Tag, der verging, wussten Anna und Olivia, dass ihre Liebe stärker wurde und sie alles überwinden konnten, solange sie sich hatten. Gemeinsam blickten sie in die Zukunft, voller Hoffnung und Vorfreude auf alles, was noch kommen mochte.

Die Entscheidung, ein Kind zu adoptieren, war für Anna und Olivia eine bedeutende und tiefgehende Erfahrung gewesen. Nach vielen Gesprächen und Überlegungen hatten sie sich gemeinsam dafür entschieden, diese neue Reise anzutreten, um ihre Liebe und ihr Glück mit einem Kind zu teilen.

Jeremy, der Junge, den sie adoptierten, brachte Licht und Freude in ihr Zuhause. Sein Lachen erfüllte die Räume mit Wärme, und sein unerschütterlicher Enthusiasmus war ansteckend für die ganze Familie. Anna fand sich schnell in der Rolle der Mutter wieder, wobei Olivia als liebevolle Unterstützung an ihrer Seite stand.

Die ersten Tage und Wochen mit Jeremy waren eine Zeit der Anpassung und des Kennenlernens. Anna und Olivia lernten, sich auf die Bedürfnisse ihres neuen Familienmitglieds einzustellen und ihm Sicherheit und Geborgenheit zu bieten. Trotz der Herausforderungen fühlten sie sich gesegnet und erfüllt von der Liebe, die sie füreinander und für Jeremy empfanden.

An einem sonnigen Nachmittag saßen Anna und Olivia mit Jeremy am Strand, wo sie so viele besondere Momente geteilt hatten. Jeremy baute Sandburgen und rannte lachend den Wellen nach, während Anna und Olivia am Wasser entlang gingen und über ihre Entscheidung sprachen.

„Es war die beste Entscheidung, die wir je getroffen haben", sagte Olivia, während sie Jeremy beobachtete, wie er eine Muschel hochhielt und stolz zeigte. „Er hat unser Leben so sehr bereichert."

Anna lächelte und nickte. „Ja, er bringt so viel Freude und Liebe in unser Zuhause. Ich bin so dankbar, dass wir ihn haben."

„Und ich bin dankbar, dass wir diese Reise zusammen gemacht haben", sagte Olivia leise und legte einen Arm um Anna. „Du bist eine erstaunliche Mutter, Anna."

Anna fühlte eine Welle der Dankbarkeit und Zärtlichkeit. „Und du bist eine erstaunliche Partnerin. Ich könnte mir kein besseres Leben vorstellen." Die Sonne neigte sich langsam dem Horizont entgegen, während sie zusammenstanden und den Moment genossen. Sie wussten, dass ihre Reise als Familie gerade erst begonnen hatte, und sie freuten sich auf all die Abenteuer, die noch auf sie warteten.

Jeremy lief zu ihnen zurück, seine kleinen Füße im Sand vergraben, und reichte Anna eine Muschel. „Für Mama", sagte er strahlend. Anna lächelte und nahm die Muschel in die Hand. „Danke, Jeremy. Sie ist wunderschön."

Olivia drückte beide fest an sich und spürte die tiefe Dankbarkeit für das Glück, das sie gefunden hatten. Zusammen betrachteten sie den Sonnenuntergang, wissend, dass sie eine Familie waren – durch Liebe verbunden und für immer miteinander verwoben.

Jeremy fand eines Tages ein Foto von Justin, das Anna auf einem Regal aufgestellt hatte. Neugierig nahm er es in die Hand und betrachtete es mit großen Augen. Anna und Olivia sahen, wie er das Foto interessiert betrachtete, und kamen langsam näher.

„Wer ist das, Mama?" fragte Jeremy mit seiner kindlichen Neugier und hielt das Bild hoch, um es ihnen zu zeigen.

Anna atmete tief durch und lächelte sanft. Sie setzte sich auf den Boden neben Jeremy und strich ihm liebevoll über das Haar. „Das ist Justin, mein Sohn", antwortete sie ruhig. Jeremy sah sie fragend an. „Dein Sohn? Warum ist er nicht hier?"

Olivia setzte sich ebenfalls zu ihnen und nahm Jeremys Hand. „Justin ist nicht mehr bei uns, Jeremy. Er ist im Himmel." Jeremy runzelte die Stirn, während er das Bild betrachtete. „Im Himmel? Wo ist das?"

„Es ist ein Ort, an dem Menschen nach ihrem Leben hier auf der Erde hingehen", erklärte Anna geduldig. „Justin ist schon eine Weile dort." Jeremy nickte langsam, als ob er es zu verstehen versuchte. „War er nett?"

Anna lächelte, als sie sich an die Erinnerungen an Justin erinnerte. „Ja, er war sehr nett. Er war mein großer Junge." „Ich hätte ihn gerne kennengelernt", sagte Jeremy leise und legte das Foto vorsichtig zurück auf das Regal.

Olivia zog Jeremy sanft in eine Umarmung. „Ich bin sicher, dass er dich auch sehr gemocht hätte, Jeremy." „Kann ich auch ein Bild von ihm haben?" fragte Jeremy plötzlich und sah Anna und Olivia erwartungsvoll an. Anna lächelte warm. „Natürlich, Jeremy. Ich werde dir noch mehr Bilder von Justin zeigen."

Sie verbrachten den Rest des Nachmittags damit, Jeremy Geschichten über Justin zu erzählen und ihm Fotos zu zeigen. Jeremy stellte viele Fragen, und Anna und Olivia beantworteten sie geduldig und liebevoll. Durch diese Gespräche fühlten sie, wie Jeremy immer mehr zu einem festen Teil ihrer Familie wurde, der die Vergangenheit mit der Gegenwart verband und die Liebe zwischen ihnen stärkte.

In den folgenden Wochen entwickelte sich eine besondere Dynamik zwischen Anna, Olivia und Jeremy. Jeremy zeigte großes Interesse an Justin und stellte immer wieder Fragen über ihn. Anna und Olivia erzählten ihm gerne von Justins Leben, von seinen Interessen, seinen Träumen und den lustigen Geschichten aus ihrer gemeinsamen Zeit.

Anna nahm sich vor, ein spezielles Album mit Fotos und Erinnerungsstücken von Justin anzulegen, das sie Jeremy zeigen konnte. Es war wichtig für sie, dass Jeremy nicht nur wusste, wer Justin gewesen war, sondern auch, wie sehr er geliebt wurde und welche Bedeutung er für ihre Familie hatte.

Eines Abends, als sie alle zusammen im Wohnzimmer saßen, brachte Jeremy ein weiteres Foto von Justin hervor, das er auf dem Kaminsims gefunden hatte. Er saß auf dem Schoß von Anna und betrachtete das Bild mit großen Augen. „Das war an meinem Geburtstag", erklärte Anna sanft und lächelte, als sie die Erinnerung an diesen besonderen Tag wieder aufleben ließ. „Justin hat sich so gefreut, als er mir das Geschenk gegeben hat." Jeremy betrachtete das Foto aufmerksam. „Er sieht glücklich aus."

„Ja, er war ein sehr fröhlicher Junge", sagte Olivia liebevoll. „Er mochte es, anderen Menschen eine Freude zu machen." Jeremy nickte nachdenklich. „Ich wünschte, er wäre hier." „Ich auch", gestand Anna leise und strich Jeremy über den Kopf. „Aber ich bin sicher, er wäre so stolz auf dich, Jeremy. Du bist ein ganz besonderer Junge."

Jeremy lächelte und schmiegte sich an Anna. „Ich mag es, von Justin zu hören." „Das freut mich", sagte Anna warmherzig. „Wir werden noch viele Geschichten über ihn teilen, versprochen." In den nächsten Monaten wurden Justin und seine Erinnerungen zu einem festen Bestandteil ihres Familienlebens. Anna und Olivia fühlten sich glücklich und erfüllt, Jeremy die Liebe und das Erbe seines älteren Bruders nahezubringen. Für Jeremy bedeutete es viel, Teil dieser Geschichte zu sein und die Bindung zu seiner neuen Familie zu vertiefen.

Die Tage vergingen, und die Liebe zwischen Anna, Olivia und Jeremy wuchs mit jeder gemeinsamen Erinnerung an Justin. Sie wussten, dass ihre Entscheidung, Jeremy in ihr Leben aufzunehmen, nicht nur ihre Familie vervollständigt hatte, sondern auch ihre Herzen geheilt und gestärkt hatte.

Es war ein sonniger Nachmittag, als Mari zu Besuch kam. Anna und Olivia empfingen sie mit offenen Armen in ihrem gemütlichen Wohnzimmer. Jeremy, der neugierig und aufgeregt war, saß neben ihnen und hörte gespannt zu, als Mari die Neuigkeiten verkündete.

„Ich habe aufregende Neuigkeiten", begann Mari strahlend. „Ich bin schwanger." Ein Lächeln breitete sich auf Annas und Olivias Gesichtern aus. „Das ist wunderbar, Mari!", sagte Olivia herzlich und umarmte ihre Schwester.

Anna strahlte vor Freude. „Herzlichen Glückwunsch! Das ist großartig." Jeremy saß da, seine Augen leuchteten vor Neugier. „Was bedeutet das, schwanger sein?", fragte er und sah abwechselnd zu Anna und Olivia. Anna lächelte sanft. „Das bedeutet, dass Mari ein Baby bekommt."

„Ein Baby?", wiederholte Jeremy aufgeregt. „Wie aufregend!" Mari nickte und strich sich eine Haarsträhne aus dem Gesicht. „Und ich hatte einen Gedanken", fuhr sie fort. „Ich würde gerne, wenn es ein Junge wird, ihn Justin nennen."

Anna und Olivia blickten sich an, ihre Herzen schlugen schneller. Der Name Justin weckte eine Fülle von Emotionen und Erinnerungen in ihnen. „Das wäre wunderschön", sagte Anna schließlich mit leiser Stimme. „Es wäre eine Ehre für uns alle."

Olivia nickte zustimmend. „Justin war ein besonderer Mensch. Wenn du deinen Sohn nach ihm benennen möchtest, unterstützen wir das vollkommen." Jeremy, der die Ernsthaftigkeit der Situation spürte, schaute von einer zur anderen. „Justin wäre mein Onkel?"

Mari nickte lächelnd. „Ja, genau. Er wäre dein Onkel." „Das ist cool", sagte Jeremy nachdenklich und lächelte dann. „Ich bin sicher, er würde ein toller Onkel sein."

Anna drückte Jeremy liebevoll an sich. „Das würde er ganz bestimmt." Die Atmosphäre im Raum war erfüllt von Liebe, Freude und dem Gefühl einer neuen Generation, die auf der Grundlage von Erinnerungen und Verbundenheit wachsen würde. Sie alle wussten, dass die Entscheidung, Mari's Sohn Justin zu nennen, eine besondere Ehre war und dass Justin in ihren Herzen und Gedanken weiterleben würde – nicht nur als Erinnerung, sondern als Teil ihrer Familie, die durch Liebe und Wärme vereint war.

In den folgenden Monaten waren Anna, Olivia, und Jeremy eng in Maris Schwangerschaft involviert. Sie begleiteten sie zu Arztterminen, halfen beim Einrichten des Kinderzimmers und freuten sich auf die Ankunft des kleinen Justin.

Eines Abends saßen Anna und Olivia zusammen auf dem Sofa, während Jeremy mit seinen Spielsachen spielte. Anna lehnte sich an Olivia und seufzte zufrieden. „Es fühlt sich so richtig an, dass Mari ihren Sohn Justin nennt. Es ist, als ob ein Teil von ihm wieder bei uns ist."

Olivia nickte und legte ihren Arm um Anna. „Ja, es ist ein schöner Weg, ihn zu ehren. Und Jeremy wird ein großartiger Cousin sein." In diesem Moment kam Jeremy auf sie zu und kletterte zu ihnen aufs Sofa. „Mama, können wir morgen wieder zu Tante Mari gehen? Ich möchte ihr helfen, das Babyzimmer zu dekorieren."

Anna lächelte und strich ihm über den Kopf. „Natürlich, mein Schatz. Wir können ihr helfen." Am nächsten Tag machten sie sich auf den Weg zu Maris Haus. Jeremy war besonders aufgeregt und trug eine kleine Tasche mit Spielzeug, das er dem neuen Baby schenken wollte. Mari begrüßte sie herzlich und führte sie in das fast fertige Babyzimmer.

„Wow, das sieht toll aus!", rief Jeremy begeistert und rannte zu dem kleinen Bettchen, das in der Ecke stand. „Kann ich das hier hinlegen?" fragte er und zeigte auf einen kleinen Stoffteddy. „Natürlich, Jeremy", sagte Mari lächelnd. „Das wird dem Baby gefallen."

Während sie das Zimmer dekorierten, sprach Mari mit Anna und Olivia über ihre Pläne und Ängste als werdende Mutter. „Es ist manchmal überwältigend, aber ich weiß, dass ich auf euch zählen kann. Das gibt mir viel Kraft."

„Wir sind immer für dich da", versicherte Olivia ihr. „Und wir freuen uns schon sehr darauf, Baby Justin kennenzulernen." Die Zeit verging schnell, und bald war der Tag gekommen, an dem Mari ins Krankenhaus musste. Anna, Olivia und Jeremy warteten gespannt auf Neuigkeiten. Schließlich kam der Anruf: Der kleine Justin war gesund und wohlauf auf die Welt gekommen.

Als sie Mari und das Baby im Krankenhaus besuchten, war die Freude groß. Jeremy durfte den kleinen Justin als erster halten, und seine Augen leuchteten vor Begeisterung. „Hallo, kleiner Justin", flüsterte er sanft. „Ich bin dein großer Cousin Jeremy."

Anna und Olivia standen daneben und sahen die liebevolle Verbindung, die sofort zwischen Jeremy und dem neuen Familienmitglied entstand. Sie wussten, dass diese Momente kostbar waren und dass ihre Familie, durch die Erinnerungen an den ersten Justin und die Liebe, die sie alle verband, stärker war als je zuvor.

„Willkommen in der Familie, Justin", sagte Anna leise und drückte Olivias Hand. „Wir werden immer für dich da sein." Olivia nickte zustimmend, ihre Augen voller Tränen der Freude. „Ja, wir werden dich mit all unserer Liebe und Fürsorge begleiten."

In diesem Moment fühlten sie sich vollständig, als eine Familie, die durch Vergangenheit und Gegenwart verbunden war, bereit für die Zukunft.

Die Zeit verging, und mit jedem Tag wuchs die Verbindung zwischen Anna, Olivia, Jeremy, und dem kleinen Justin. Jeremy entwickelte sich prächtig und blühte in seiner Rolle als großer Cousin auf. Er war liebevoll und beschützend und half Mari oft dabei, sich um den kleinen Justin zu kümmern. Ein Jahr nach Justins Geburt beschlossen Anna und Olivia, eine Feier zu Ehren seines ersten Geburtstags zu veranstalten. Sie luden Familie und Freunde ein, um diesen besonderen Meilenstein zu feiern.

Der Garten war festlich geschmückt, mit bunten Luftballons und Girlanden, die im sanften Sommerwind wehten. Ein großer Tisch war mit Leckereien und einer wunderschönen Geburtstagstorte gedeckt, die Anna und Olivia gemeinsam gebacken hatten. Jeremy war besonders aufgeregt und half eifrig bei den Vorbereitungen. „Wir müssen sicherstellen, dass alles perfekt ist für Justins ersten Geburtstag!", sagte er energisch und trug stolz einen kleinen Partyhut.

„Das wird es, Jeremy", sagte Olivia lächelnd. „Du machst das großartig." Als die Gäste eintrafen, füllte sich der Garten mit Lachen und fröhlichen Gesprächen. Mari hielt den kleinen Justin in ihren Armen, der neugierig auf all die Gesichter um ihn herum blickte. Anna und Olivia begrüßten die Gäste herzlich und freuten sich über die vielen Glückwünsche.

„Es ist so schön, dass ihr alle hier seid", sagte Anna dankbar. „Es bedeutet uns viel, diesen besonderen Tag mit euch zu teilen."

Als es Zeit war, die Torte anzuschneiden, versammelten sich alle um den Tisch. Jeremy stand stolz neben Mari und hielt eine kleine Kerze, die er vorsichtig in die Torte steckte. „Ich darf die Kerze anzünden, oder?", fragte er aufgeregt.

„Natürlich, Jeremy", sagte Mari lächelnd und half ihm dabei, die Kerze anzuzünden.

„Happy Birthday, lieber Justin", sangen alle im Chor, während Mari den kleinen Justin hielt und ihm sanft über den Kopf strich. Justin klatschte begeistert in die Hände, obwohl er die Bedeutung des Liedes noch nicht ganz verstand.

Jeremy blies die Kerze aus und alle jubelten. „Herzlichen Glückwunsch, Justin!", rief er und umarmte seinen kleinen Cousin liebevoll.

Nachdem die Torte verteilt war und alle sich ein Stück genommen hatten, saßen Anna, Olivia, Mari und Jeremy zusammen und beobachteten das fröhliche Treiben. „Es ist erstaunlich, wie schnell das Jahr vergangen ist", sagte Olivia nachdenklich.

„Ja, es war eine wunderbare Zeit", stimmte Anna zu. „Und wir haben so viel als Familie erlebt."

„Und das ist erst der Anfang", fügte Mari lächelnd hinzu. „Ich freue mich auf all die Jahre, die noch vor uns liegen."

„Ich auch", sagte Jeremy begeistert. „Und auf all die Abenteuer, die wir gemeinsam erleben werden!"

Anna legte einen Arm um Jeremy und sah lächelnd in die Runde. „Ja, Jeremy. Auf all die Abenteuer, die noch kommen. Wir sind eine starke Familie, und zusammen können wir alles schaffen."

In diesem Moment, als sie zusammen saßen und den ersten Geburtstag des kleinen Justin feierten, fühlten sie sich erfüllt von Liebe und Hoffnung für die Zukunft. Sie wussten, dass das Leben immer wieder Herausforderungen mit sich bringen würde, aber mit der Unterstützung und Liebe ihrer Familie würden sie alles meistern. Die Geschichte ihrer Familie, geprägt von Erinnerungen und neuen Anfängen, würde weiterhin in Liebe und Gemeinschaft geschrieben werden.

Der Sommer neigte sich dem Ende zu, und das Leben kehrte langsam in seinen gewohnten Rhythmus zurück. Die Familie verbrachte weiterhin viel Zeit zusammen, und die Bindung zwischen ihnen wurde immer stärker.

Eines Abends, als die Sonne langsam unterging und der Himmel in warmen Orange- und Rosatönen leuchtete, saßen Anna und Olivia auf der Veranda. Jeremy spielte mit seinem Fahrrad im Garten, während Mari und Baby Justin sich drinnen ausruhten.

„Ich habe nachgedacht", begann Olivia und sah Anna tief in die Augen. „Über unsere Familie und die Zukunft." Anna lächelte sanft und legte ihre Hand auf Olivias. „Ich auch. Was denkst du?"

Olivia nahm einen tiefen Atemzug. „Ich denke, wir sollten darüber nachdenken, noch ein Kind zu adoptieren. Jeremy ist so glücklich mit Justin, und ich denke, es wäre schön, unsere Familie weiter zu vergrößern."

Anna war für einen Moment still, dann nickte sie langsam. „Ich habe darüber auch nachgedacht. Es ist eine große Entscheidung, aber ich denke, es wäre wunderbar. Unsere Familie ist so voller Liebe, und es gibt so viele Kinder, die ein Zuhause brauchen."

„Genau", stimmte Olivia zu. „Ich möchte, dass wir darüber sprechen und uns überlegen, ob wir bereit sind, diesen Schritt zu gehen." „Lass uns das tun", sagte Anna entschlossen. „Wir sollten auch mit Jeremy darüber sprechen und sehen, wie er sich dabei fühlt."

Ein paar Tage später, als sie alle zusammen beim Abendessen saßen, brachten Anna und Olivia das Thema zur Sprache. „Jeremy, wir möchten etwas mit dir besprechen", begann Anna vorsichtig.

Jeremy sah neugierig auf. „Was denn, Mama?" „Olivia und ich haben darüber nachgedacht, ob wir noch ein Kind adoptieren sollen. Wie würdest du dich dabei fühlen?" fragte Anna. Jeremy überlegte einen Moment lang und dann leuchteten seine Augen auf. „Ein Geschwisterchen? Das wäre so cool! Ich würde es lieben, mit einem kleinen Bruder oder einer kleinen Schwester zu spielen und ihnen alles beizubringen."

Olivia lächelte. „Das ist schön zu hören, Jeremy. Es wäre eine große Veränderung, aber wir glauben, dass es unsere Familie noch glücklicher machen würde." „Ich finde das eine tolle Idee", sagte Jeremy enthusiastisch. „Ich werde der beste große Bruder sein, genau wie bei Justin."

Mit Jeremys Zustimmung begannen Anna und Olivia, sich ernsthaft mit dem Adoptionsprozess auseinanderzusetzen. Sie recherchierten, sprachen mit Beratern und bereiteten sich auf die notwendigen Schritte vor. Es war eine aufregende und manchmal nervenaufreibende Zeit, aber ihre Entschlossenheit und ihre Liebe zueinander halfen ihnen, jeden Schritt des Weges gemeinsam zu gehen.

Nach einigen Monaten des Wartens und der Vorbereitung erhielten sie endlich die Nachricht, auf die sie gewartet hatten: Ein kleiner Junge, Caleb, brauchte ein Zuhause. Er war zwei Jahre alt, mit großen braunen Augen und einem scheuen Lächeln.

Anna, Olivia und Jeremy bereiteten sich auf das erste Treffen vor, voller Vorfreude und Aufregung. Als sie Caleb zum ersten Mal sahen, fühlten sie sofort eine tiefe Verbindung. Er war anfangs schüchtern, aber Jeremys freundliche und einladende Art brach schnell das Eis.

„Hallo, Caleb", sagte Jeremy sanft und kniete sich vor ihm nieder. „Ich bin Jeremy. Wir werden viel Spaß zusammen haben, versprochen."

Caleb sah Jeremy mit großen Augen an und lächelte dann schüchtern. Anna und Olivia beobachteten die Szene mit Tränen der Rührung in den Augen. Sie wussten, dass sie die richtige Entscheidung getroffen hatten.

Die nächsten Wochen waren eine Zeit des Kennenlernens und des Wachsens. Caleb blühte in seiner neuen Umgebung auf, und die Familie fühlte sich vollständiger als je zuvor. Sie feierten jeden kleinen Fortschritt und freuten sich über die neuen Erinnerungen, die sie gemeinsam schufen.

Eines Abends, als sie alle zusammen im Wohnzimmer saßen, sah Anna in die Runde und fühlte eine tiefe Dankbarkeit. „Ich bin so glücklich, dass wir alle zusammen sind", sagte sie leise. „Unsere Familie ist perfekt, genau so wie sie ist."

Olivia legte einen Arm um Anna und lächelte. „Ja, wir sind wirklich gesegnet. Und ich freue mich auf all die wunderbaren Momente, die noch vor uns liegen." Jeremy, der mit Caleb spielte, sah auf und grinste. „Wir sind die beste Familie, die es gibt!"

Anna und Olivia lachten und wussten, dass er recht hatte. Gemeinsam, als eine Familie, würden sie alle Herausforderungen meistern und jedes Abenteuer genießen, das das Leben für sie bereithielt. Ihre Reise war noch lange nicht zu Ende, und sie freuten sich auf jedes neue Kapitel, das sie gemeinsam schreiben würden.

Der Herbst zog ins Land, und mit ihm kamen kühlere Tage und das sanfte Rascheln der fallenden Blätter. Caleb hatte sich gut in seiner neuen Familie eingelebt, und Jeremy war ein großartiger großer Bruder, der ihm half, sich an alles zu gewöhnen.

Eines kühlen Nachmittags beschlossen Anna, Olivia, Jeremy und Caleb, einen Ausflug in den nahegelegenen Wald zu machen, um die farbenfrohen Blätter zu bewundern und Kastanien zu sammeln. Sie packten einen Picknickkorb und machten sich auf den Weg. Im Wald liefen Jeremy und Caleb voraus, ihre Kinderstimmen hallten durch die Bäume, während sie voller Begeisterung nach den größten Kastanien suchten. Anna und Olivia folgten ihnen in gemütlichem Tempo, Hand in Hand.

„Es ist erstaunlich zu sehen, wie gut sich Caleb eingelebt hat“, sagte Anna und sah Olivia liebevoll an. „Er scheint wirklich glücklich zu sein.“

„Ja, er hat sich so gut angepasst“, stimmte Olivia zu. „Und Jeremy hat so viel Geduld und Fürsorge gezeigt. Ich bin so stolz auf ihn.“

„Wir haben wirklich Glück“, sagte Anna und lächelte. „Unsere Familie ist perfekt, genau wie sie ist.“

Sie erreichten eine Lichtung, die mit einer Decke aus bunten Blättern bedeckt war. Jeremy und Caleb hatten bereits eine beeindruckende Sammlung von Kastanien und Eicheln angelegt und warteten gespannt darauf, das Picknick zu beginnen. Anna breitete die Decke aus, und Olivia stellte den Korb in die Mitte.

Während sie zusammen saßen und die Leckereien genossen, erzählte Jeremy eine Geschichte, die er sich ausgedacht hatte. „Es war einmal ein kleiner Junge namens Caleb, der in einem Wald voller magischer Bäume lebte. Jeder Baum hatte eine besondere Kraft, und Caleb musste sie alle entdecken.“

Caleb lauschte fasziniert und lachte begeistert, als Jeremy die Abenteuer seines fiktiven Alter Egos beschrieb. Anna und Olivia schauten sich an und wussten, dass diese Momente kostbar und unvergesslich waren.

„Das war eine tolle Geschichte, Jeremy“, sagte Olivia lächelnd. „Vielleicht solltest du Schriftsteller werden.“ Jeremy grinste stolz.

„Vielleicht werde ich das. Aber jetzt will ich erstmal weiter Kastanien sammeln!" Nach dem Picknick machten sie sich wieder auf den Weg und sammelten weiter Kastanien. Caleb war voller Energie und rannte von Baum zu Baum, während Jeremy ihm folgte und aufpasste, dass er nicht zu weit weglief.

Als die Sonne begann, hinter den Bäumen zu versinken, machten sie sich auf den Heimweg. Caleb war erschöpft und schlief in Annas Armen ein, während Jeremy fröhlich weiter über ihre Abenteuer im Wald sprach. Zuhause angekommen, legten sie Caleb vorsichtig ins Bett und lasen Jeremy noch eine Gutenachtgeschichte vor. Danach saßen Anna und Olivia auf der Couch, die Füße hochgelegt und eine Tasse heißen Tee in den Händen.

„Was für ein schöner Tag", sagte Anna zufrieden. „Ich liebe diese Herbstnachmittage." „Ich auch", stimmte Olivia zu. „Es sind die kleinen Dinge, die das Leben so besonders machen."„Und es ist schön, dass wir diese Momente als Familie teilen können", sagte Anna und lehnte sich an Olivia.

„Ja, wir sind wirklich gesegnet", flüsterte Olivia und drückte Annas Hand. Die Tage vergingen, und der Herbst machte langsam dem Winter Platz. Die Familie freute sich auf die bevorstehenden Feiertage und die gemeinsame Zeit, die sie miteinander verbringen würden. Sie wussten, dass sie in jeder Jahreszeit, in jeder Herausforderung und in jedem Abenteuer zusammen stark waren.

Ein Jahr nach Calebs Ankunft war die Familie zu einer unerschütterlichen Einheit gewachsen. Ihre Liebe und Unterstützung füreinander hatte sie durch alle Höhen und Tiefen getragen. Und so gingen sie in die Zukunft, bereit für alles, was das Leben ihnen bringen würde, vereint durch die Stärke ihrer Verbindung und die tiefe Zuneigung, die sie füreinander empfanden.

Die Jahre waren ins Land gezogen, und die Familie hatte viele gemeinsame Erlebnisse und Erinnerungen gesammelt. Jeremy war mittlerweile 15 Jahre alt, Caleb 13, und der kleine Justin war jetzt ein lebhafter 10-Jähriger. Das Haus war stets erfüllt von Lachen, Diskussionen und manchmal auch den üblichen Spannungen einer heranwachsenden Familie.

Eines Abends saß die Familie beim Abendessen, als Anna bemerkte, dass Jeremy ungewöhnlich still war. „Alles in Ordnung, Jeremy?", fragte sie besorgt. Jeremy zuckte mit den Schultern und stocherte in seinem Essen herum. „Ja, ist schon okay", murmelte er.

Olivia und Anna tauschten einen besorgten Blick. Nach dem Essen, als die Jungs in ihren Zimmern waren, sprach Anna mit Olivia. „Ich glaube, Jeremy hat etwas auf dem Herzen. Vielleicht sollten wir später mit ihm reden."

Olivia nickte. „Ja, das ist eine gute Idee. Er scheint wirklich bedrückt zu sein." Später am Abend klopfte Anna an Jeremys Zimmertür. „Darf ich reinkommen?" Jeremy nickte und setzte sich auf sein Bett. „Klar, Mom."

Anna setzte sich neben ihn und legte einen Arm um ihn. „Was ist los, mein Schatz? Du wirkst so traurig." Jeremy seufzte tief. „Es ist nur... es gibt da ein Mädchen in meiner Klasse, Sarah. Ich mochte sie wirklich, und wir haben uns ein paar Mal getroffen. Aber heute hat sie mir gesagt, dass sie nur Freunde sein will. Ich weiß, es klingt dumm, aber es tut wirklich weh."

Anna drückte ihn fest. „Das klingt überhaupt nicht dumm, Jeremy. Es ist ganz normal, dass du dich so fühlst. Liebeskummer ist schwer, egal wie alt man ist."

Olivia kam ebenfalls ins Zimmer und setzte sich auf die andere Seite von Jeremy. „Wir sind hier, um dir zu helfen, das zu verarbeiten. Manchmal dauert es eine Weile, bis man über so etwas hinwegkommt, aber es wird besser."

Jeremy nickte langsam. „Danke, dass ihr da seid. Es hilft, darüber zu reden." In den nächsten Tagen war die ganze Familie bemüht, Jeremy zu unterstützen. Caleb und Justin versuchten, ihn aufzumuntern, indem sie gemeinsam Spiele spielten und ihn ablenkten. Caleb, der Jeremy sehr nahe stand, nahm sich besonders viel Zeit für ihn und hörte geduldig zu, wenn Jeremy reden wollte.

Eines Wochenendes beschlossen Anna und Olivia, einen Familienausflug in die Berge zu machen, um etwas frische Luft zu schnappen und Jeremy auf andere Gedanken zu bringen. Sie packten ihre Sachen und fuhren in eine gemütliche Berghütte, die sie schon oft besucht hatten.

Der erste Tag in den Bergen war wunderschön. Sie wanderten durch die Wälder, sammelten Tannenzapfen und genossen die klare, kühle Luft. Jeremy schien allmählich seine Sorgen zu vergessen und begann wieder zu lächeln. Am Abend saßen sie alle zusammen vor dem Kamin, spielten Karten und erzählten Geschichten. Caleb kletterte auf Annas Schoß und fragte: „Mama, erzählst du uns eine Geschichte von früher?"

Anna lächelte und begann, eine ihrer Lieblingsgeschichten aus ihrer eigenen Kindheit zu erzählen. Die Jungen lauschten aufmerksam, und das warme Knistern des Feuers schuf eine gemütliche Atmosphäre. „Es gibt eine Sache, die ich gelernt habe", sagte Anna am Ende der Geschichte. „Egal wie schwierig etwas erscheint, mit der Zeit wird es besser. Und Familie ist das Wichtigste, denn wir sind immer füreinander da."

Jeremy sah sie dankbar an. „Danke, Mom. Das bedeutet mir viel." Die Tage in den Bergen halfen Jeremy, seinen Liebeskummer zu verarbeiten und neuen Mut zu fassen. Er kehrte gestärkt und zuversichtlicher nach Hause zurück, bereit, die Herausforderungen des Lebens weiter anzugehen.

Zurück in ihrem Alltag fand Jeremy langsam wieder zu seiner alten Fröhlichkeit zurück. Er lernte, dass Liebeskummer ein Teil des Lebens war, aber dass er mit der Unterstützung seiner Familie alles bewältigen konnte. Die Jahre gingen weiter, und die Familie wuchs immer enger zusammen. Sie erlebten Höhen und Tiefen, aber ihre Liebe und ihr Zusammenhalt machten sie stark.

Gemeinsam meisterten sie jede Herausforderung und freuten sich auf die Zukunft, wissend, dass sie stets füreinander da sein würden.

Die Jahre vergingen und die Familie erlebte viele gemeinsame Abenteuer. Jeremy, Caleb und Justin wuchsen heran, jeder von ihnen entwickelte seine eigenen Interessen und Talente, aber die enge Bindung, die sie miteinander und zu Anna und Olivia hatten, blieb unverändert.

Jeremy hatte sich von seinem ersten Liebeskummer erholt und war nun ein selbstbewusster junger Mann. Er engagierte sich in der Schule, spielte in der Fußballmannschaft und hatte eine enge Gruppe von Freunden. Caleb war ein talentierter Künstler geworden, der Stunden damit verbrachte, zu zeichnen und zu malen. Justin, der Jüngste, hatte eine Leidenschaft für Wissenschaft und Technik entwickelt und bastelte ständig an neuen Erfindungen. Eines Abends, als die Familie wieder einmal zusammen am Esstisch saß, begann Olivia ein Gespräch, das sie schon länger mit Anna führen wollte. „Ich habe darüber nachgedacht, wie unsere Zukunft aussehen könnte", sagte sie vorsichtig. „Die Jungs werden älter, und bald werden sie ihre eigenen Wege gehen. Was hältst du davon, wenn wir in den nächsten Jahren ein neues Abenteuer wagen?"

Anna sah Olivia neugierig an. „Was für ein Abenteuer hast du im Sinn?" „Nun", begann Olivia und lächelte, „wir könnten ein Bed & Breakfast eröffnen. Irgendwo auf dem Land, wo es ruhig und friedlich ist. Wir haben immer davon geträumt, etwas Eigenes aufzubauen, und das könnte eine wunderbare Möglichkeit sein."

Anna überlegte einen Moment lang und sah dann die Begeisterung in Olivias Augen. „Das klingt tatsächlich nach einer großartigen Idee", sagte sie schließlich. „Es wäre eine große Veränderung, aber ich denke, es könnte uns viel Freude bereiten. Was halten die Jungs davon?"
Sie beschlossen, die Idee beim nächsten Familienabend zur Sprache zu bringen. Als sie die Idee vorstellten, reagierten Jeremy, Caleb und Justin unterschiedlich, aber insgesamt positiv.

„Ein Bed & Breakfast?", fragte Jeremy überrascht. „Das klingt interessant. Ich denke, es könnte Spaß machen, zu helfen, wenn ich von der Uni nach Hause komme."

„Ich könnte die Wände mit meinen Gemälden dekorieren", sagte Caleb begeistert. „Das wäre großartig!"

„Und ich könnte dafür sorgen, dass das Haus die neueste Technologie hat", fügte Justin hinzu. „Smart Homes sind die Zukunft!" Mit der Unterstützung ihrer Söhne begannen Anna und Olivia, konkrete Pläne zu schmieden. Sie verbrachten die nächsten Monate damit, nach einem geeigneten Ort zu suchen, Pläne zu erstellen und ihre Vision zu verwirklichen. Schließlich fanden sie ein charmantes altes Landhaus, das perfekt für ihr Vorhaben war.

Der Umzug und die Renovierung des Hauses waren eine spannende und manchmal auch anstrengende Zeit, aber die Familie arbeitete zusammen und unterstützte sich gegenseitig. Jeder trug auf seine Weise dazu bei, das Bed & Breakfast in ein gemütliches und einladendes Zuhause für zukünftige Gäste zu verwandeln.

Am Eröffnungstag war die Aufregung groß. Familie und Freunde kamen, um die harte Arbeit und das Engagement der Familie zu feiern. Das Bed & Breakfast, das sie „Haven House" nannten, war ein voller Erfolg. Die Gäste liebten die herzliche Atmosphäre, die wunderschönen Kunstwerke von Caleb, die technischen Raffinessen von Justin und die liebevollen Gastgeberinnen Anna und Olivia.

Eines Abends, als die letzten Gäste des Tages ins Bett gegangen waren, saß die Familie zusammen im Wohnzimmer und reflektierte über die vergangenen Monate. „Wir haben etwas Wundervolles geschaffen", sagte Anna stolz. „Ich bin so dankbar für diese neue Reise, die wir gemeinsam begonnen haben."

„Ja, es war eine großartige Entscheidung", stimmte Olivia zu. „Und das Beste daran ist, dass wir es als Familie tun." Jeremy, Caleb und Justin nickten zustimmend. „Wir sind ein tolles Team", sagte Jeremy und legte einen Arm um Caleb und Justin. „Und ich bin gespannt, was die Zukunft noch für uns bereithält."

Mit der Eröffnung von Haven House begann ein neues Kapitel im Leben der Familie. Sie erlebten viele neue Begegnungen, schufen wertvolle Erinnerungen und wuchsen noch enger zusammen. Ihre Reise war noch lange nicht zu Ende, und sie freuten sich auf all die Abenteuer, die noch vor ihnen lagen.

Die Jahre vergingen und Haven House florierte. Gäste aus nah und fern kamen, um die warme Atmosphäre, die schöne Umgebung und die herzliche Gastfreundschaft zu genießen. Anna und Olivia hatten ihren Traum verwirklicht, und ihre Familie wuchs in Liebe und Zusammenhalt weiter.

Eines sonnigen Sommermorgens versammelte sich die ganze Familie auf der Terrasse von Haven House, um ein besonderes Ereignis zu feiern. Jeremy, nun ein erfolgreicher Architekt, Caleb, ein angesehener Künstler, und Justin, ein Innovator in der Technologiewelt, waren alle nach Hause gekommen, um einen wichtigen Meilenstein zu begehen.

„Es ist so schön, dass wir alle wieder zusammen sind", sagte Anna und strahlte ihre Familie an. „Ich könnte mir keinen besseren Ort und keine bessere Gesellschaft vorstellen."

„Ich auch nicht", stimmte Olivia zu und legte ihre Hand liebevoll auf Annas. „Und heute ist ein ganz besonderer Tag."

Jeremy erhob sein Glas. „Wir feiern nicht nur das erfolgreiche Bestehen von Haven House, sondern auch die Liebe und das Glück, das wir hier gefunden haben. Prost auf die beste Familie der Welt!"

Alle stießen an und lachten, während die Kinder durch den Garten rannten und das schöne Wetter genossen. Die Terrasse war mit Blumen geschmückt, die Caleb liebevoll gepflanzt hatte, und die sanfte Brise trug den Duft von Lavendel und Rosmarin.

Später am Abend, als die Sonne hinter den Hügeln verschwand und der Himmel in warmen Orange- und Rosatönen leuchtete, versammelte sich die Familie um ein Lagerfeuer im Garten. Die Flammen tanzten fröhlich, und das Knistern des Feuers schuf eine gemütliche Atmosphäre.

„Ich habe eine Überraschung für euch", sagte Justin und holte ein kleines, in Samt gehülltes Kästchen hervor. „Ich habe etwas entwickelt, das ich mit euch teilen möchte."

Er öffnete das Kästchen und enthüllte ein kleines, leuchtendes Gerät. „Das ist ein digitaler Bilderrahmen, der all unsere schönsten Erinnerungen speichert und anzeigt. Ich habe ihn so programmiert, dass er Bilder aus unserer ganzen gemeinsamen Zeit zeigt."

Die Familie sah begeistert zu, wie der Rahmen Bilder von ihren vielen Abenteuern und besonderen Momenten anzeigte – von der Eröffnung von Haven House, über Familienurlaube bis hin zu alltäglichen, aber kostbaren Augenblicken.

„Das ist wunderschön, Justin", sagte Anna gerührt. „Es erinnert uns daran, wie viel wir gemeinsam erlebt haben und wie stark unsere Bindung ist." Olivia nahm Annas Hand und sah ihr tief in die Augen. „Anna, unsere Reise war voller Höhen und Tiefen, aber ich bin so dankbar für jede einzelne Sekunde. Du und die Jungs seid das Beste, was mir je passiert ist."

„Und du bist das Beste, was mir je passiert ist", antwortete Anna leise, während sie Olivia küsste. „Ich liebe dich." Die Familie saß noch lange zusammen, erzählte Geschichten, lachte und genoss die warme Gemeinschaft. Sie wussten, dass sie gemeinsam alles überwinden konnten und dass ihre Liebe und ihr Zusammenhalt sie durch jedes Abenteuer tragen würden.

Als die Sterne am Nachthimmel funkelten und das Lagerfeuer langsam erlosch, legte sich eine friedliche Stille über Haven House. Die Familie ging ins Haus, um sich auszuruhen, erfüllt von einem tiefen Gefühl der Zufriedenheit und des Glücks.

Haven House blieb für viele Jahre ein Ort der Liebe, der Freude und des Zusammenhalts. Anna und Olivia sahen ihre Söhne zu bemerkenswerten Männern heranwachsen, die die Werte und die Liebe, die ihnen vermittelt worden waren, in die Welt trugen.

Und so lebten sie glücklich bis ans Ende ihrer Tage, immer unterstützt von der Stärke ihrer Familie und der unerschütterlichen Liebe, die sie alle miteinander verband.